所见微尘 皆因有光

梁衡 毕淑敏 刘醒龙 等 作者

主编 杨晓升

北京联合出版公司
Beijing United Publishing Co.,Ltd.

序 言

北京文学杂志社社长兼执行主编　杨晓升

散文是一种相对自由宽松的文体。

如果说小说是建筑，诗歌是盆景，报告文学是庄稼，那么散文就是散落在山川原野上自由自在生长的树木、野花或野草，它不需要任何设计、规划、种植、雕琢和修葺，就可以无拘无束地在大自然中享受阳光、吮吸雨露，纵然会经历风霜、遭遇雨雪，却也能够顽强生长。当然，这样说并非指散文可以胡作非为、信马由缰，更不是说它可以只顾自说自话，或言不由衷，或空洞无物。它必须像山川原野的树木、野花和野草那样，立足脚下土地，生根发芽，铆足干劲往上长，最大限度地汲取大自然赐予的阳光、雨露及其他养分，奉出绿色，开出花朵，无论绿肥红瘦，抑或魁梧渺小，都要有自己独特的生命与个性。亦即，散文的生命力，取决于文本本身是否有真情实感和真知灼见，绝不能无病呻吟或人云亦云、言之无物。从这个意义上讲，散文是作者最能直抒胸臆的文体，也是最能见证作者真性情、思想与才情的透镜。优秀的散文，能在为读者带来阅读愉悦的同时，启迪心智，开阔眼界，增长见识，陶冶情操。读优秀的散文，如同与挚友乃至与智者促膝谈心，开诚布公，亲密无间，心心相印，不亦快哉！

本书所收集的作品，是《北京文学》杂志近10年来的散文精品。这些作品，既有对生命的赞美，又有对亲情的怀恋。大处着眼天地时空、人文历史，小处体悟人间烟火、生活微澜，读来都别具韵味，或亲切感人，或启迪心智。14篇题材不同、风格各异、心性迥然的散文精品，如一串呈现在读者眼前的美丽珍珠，熠熠生辉、多姿多彩。本书的作者，多为名家，也不乏新锐作家。无论是名家还是新锐作家，其作品显示出来的真情、才情与见识，就如那盛开在山川大地上姹紫嫣红的花朵，既赏心悦目，又清香四溢、芬芳宜人。不信，就请读者诸君躬下尊身，亲自品鉴吧。

祝各位阅读愉快！

目录

Chapter 1

勇敢而生

Chapter 2

让爱照进生命

Chapter 3

你是自己的太阳

Chapter 4

向着明亮那方

Chapter 1

勇敢而生

沈公榕，眺望大海150年

梁衡

世人多知左公柳，而很少有人知道“沈公榕”。

历史竟是这样的浪漫。在祖国的西北大漠和东南沿海，各用两棵树来标志中国近代史的进程。左公柳见证了新疆的收复，沈公榕却见证了中国近代海军的诞生。

一、栽树明志，从一篑之土筑新基

2016年岁尾2017年的年初，我国海军航母辽宁舰穿过宫古海峡进入西太平洋。中国航母编队的首次远航，虽然刚跨过第一个年头，而中国海军却已整整走过了150年。150年了，中国海军才迈出家门口走向深蓝。这个时刻我们不应该忘记一个人。

150年前的1866年12月23日，福州马尾船厂破土动工，中国人要建造军舰。近日，马尾船厂正在筹备大庆，有一个熟人知道我在全国到处找有人文价值的古树，就来电话说："马尾有船政大臣沈葆桢手植的一棵古榕树，见证了中国海军史，你不来看一看？而且，船厂马上要乔迁新址。将来这树被丢在那里，还不知会是什么样子。"我连忙于2016年12月19日赶往马尾。

马尾船厂是1866年12月开工的。当时请法国人日意格任总监督，一切管理遵从法式。我走在旧厂的大院里，像是回到了19世纪的法国。西边是一座法式的红砖办公楼和一个现存的中国最古老的车间——船政轮机厂；南边是当年的"绘事院"，即绘图设计室；东边是一座五层的尖顶法式钟楼。当年拖着长辫子的中国员工，就是在这钟声中上下班的。他们好奇地听金发碧眼、高鼻梁的洋师傅讲蒸汽原理，学车、铆、电焊。我要找的沈公榕就在钟楼的侧前方。150年了，它已是一棵参天巨木，浓荫覆地，约有大半个篮球场那么大，郁郁乎如一座绿城。树根处立有一块石头，被绿苔紧紧包裹。我贴近树身，蹲下身子，用一根细树枝一点一点地小心清理，石头上渐渐露出了"沈公榕"三个大字。这榕一出土就分为三股，现已各有牛腰之粗。一枝向左，浓荫遮住了厂区的大路；一枝向后，如一扇大屏风贴在一座四层小楼上；还有一枝往右探向钟楼。可是，正当它伸到一半时却在空中齐齐折断，突兀地停在半空，枝上垂挂的气根随风舞动，像是一个长须老人在与钟楼隔空呼唤。我一时被这个场面惊呆，有一种莫名的惆怅，静静地仰望着这150年前的历史天空。

别小看我现在脚下的这一小块土地，它是中国近代最早的舰船基地，中国制造业的发端处，中国飞机制造的发祥地，中国海军的摇篮，中国近代教育的第一个学堂，中西文化大交流的第一个平台。学者研究，这里竟创造了十多个“中国第一”。现在我们来凭吊它，就只有这几座红砖房子、一座钟楼和一棵古榕了。

鸦片战争后，清帝国被列强敲开了国门，国势日弱。老祖宗传下来的大刀长矛，在洋枪、洋炮面前是那样无奈。镇压太平军起家的湘军名将彭玉麟，看到江面上飞驰的洋人炮艇，被惊得目瞪口呆，大呼：“将来亡我者，洋人也。”说罢口吐鲜血而死。洋务派深切地感到必须学习西方先进技术，“师夷制夷”。

1866年6月左宗棠上书，请旨在福建马尾开办船厂，立被批准。但10月西北烽烟突起，左宗棠被任为陕甘总督，西去平定叛乱，收复新疆。他不放心刚起步的船政大事，遍选接替之人，最后力保时任江西巡抚、正因母丧在福州家中守孝的沈葆桢出任船政大臣。历史有时是这样匆忙。沈守孝在家，被逼上任，而当大任。当年曾国藩也是守孝在家，太平军起，政府命他就地组建湘军，而成为晚清名臣。天将降大任于是人也，与你没商量。

沈葆桢是林则徐的女婿，从小受过严格的儒家思想教育，忠君报国，一身正气。但他也看到了世界潮流，力主“师夷制夷”，变革图强。在晚清睁眼看世界的先进分子中，他是晚于林则徐、魏源，早于康有为、梁启超的过渡人物。当时政局，一团乱麻。帝国主义势力插手中国，多国角逐；朝野保守与开放的思想激烈冲突。经镇压太平军、捻军而兴起的湘军、淮军等地方实力派，各封疆大吏互相掣肘。在这一团乱麻中要理出个头绪，师夷制夷，造船强军，谈何容易？况且在家乡，关系更复杂。本来，沈葆桢是不想接这个摊子的，但左宗棠三顾茅庐力请出山，并亲自为他配好各种助手，请“红顶商人”胡雪岩帮他筹钱，又一再上书朝廷，催其就职。忠孝不能两全，孝期未满的沈葆桢就走马上任了。

马尾，地处闽江入海口。形同马的尾巴，地低而土软，要建厂就得清理地基，类似现在的“三通一平”。他们先打入5000根木桩，加固岸基，填高近两米的土层，然后遍植榕树以固定厂房、船坞的周边。沈葆桢带头栽下了第一棵榕树，然后挥笔写下一副对联，悬于船政衙门的大柱上：

以一篑为始基，自古天下无难事

致九泽之新法，于今中国有圣人

他要引进新法，以精卫精神一筐一筐地填海筑基，开创近代中国的造船大业，不信事情办不成。

二、“权自我操”，逆流而上，沈葆桢快刀斩乱麻

沈葆桢坐在船政衙门的大堂上，看着外面熙熙攘攘的工地、堆积如山的物资，特别是门外榕树上那些七长八短、随风舞动的气根，心乱如麻。

“船政”是一个洋务新词，是指海防及与船舰有关的一切事务，包括

建厂、造船、办船校、买船，延请外国专家，制定相关政策，办理对外交涉等。总之，都是过去没有过的新事，所以专设一个“船政衙门”，直属中央。类似我国改革开放初的“改革办”“特区办”。

1866年的世界，西方工业革命已经走过了100年。西班牙、荷兰、英国、法国都有了横行世界的蒸汽机舰队。而中国还在海上摇橹划桨或借风行船。思想开放的左宗棠，曾在杭州西湖上仿造了一条小洋船，但行之无力，遂决定引进洋技师、洋工匠开船厂、办船校。

新事物一开始就遇到保守势力的顽强阻挠。还没有造船，就先是一场思想大论战，这很像中国改革开放初的“真理标准问题大讨论”。许多朝中和地方的大员说，只要“以忠信为甲胄，礼义为干橹”就能战无不胜，“何必师事夷人”？左宗棠痛斥这帮迂腐之臣，他上书说：“臣愚以为，欲防海之害而收其利，非整理水师不可。泰西巧，而中国不必安于拙也；泰西有，而中国不能傲以无也。”“安于拙、傲以无”，左宗棠尖刻地画出了保守的当权者的嘴脸。

当时的福建地方官吴棠愚顽不化，沈葆桢来马尾办船政，他在经费、人力、材料、土地等方面，事事发难，处处拆台，几乎是“逢沈必反”。此人有一个特殊的背景。他早先在苏北运河边任一小知县。某日，一位曾有恩于他的官员扶柩南下，停于河上。吴棠遣差人送去银子300两。正巧，有一位在旗少女扶父亲的灵柩北上，也停于河边。阴差阳错，差人将银子误投到旗少女的船上。吴棠明知投错，也不好追回。谁知，这位少女就是后来的慈禧太后。天上掉馅饼，吴棠后半生有了一个大靠山，不断被提拔，处处受保护。现在他与沈葆桢不合，上面虽知船政重要，但总是和稀泥，劝沈葆桢与他和衷共济。有时一个重大历史的节点就“结”在一个人身上，一个人可以“绑架”历史，影响国运。沈葆桢愤怒地上书，“船政之事，非诸臣之事，国家之事也”，“非不知和衷共济”，而“大局攸关，安忍、顾虑、瞻徇，负朝廷委任”，表示“唯有毁誉听之人，祸福听之天，竭尽愚诚”。

他是本地人，工厂一开工，亲朋故旧都上门来找饭碗。他平生最恨劣幕奸胥，裙带相缠。为洗刷旧衙陈腐之风，他以法治厂，半军事化管理，甚至不惜开杀戒。一官员买铜不报，他批“阻挠国是，侮慢大臣”，就地立斩。他有一姻亲，触犯厂规，依军法从事，杀！布政使知是沈家亲戚，请求缓办，他坚持立即开堂问审。这时他父亲送来一信。他知必是求情信，便说：“家父的信是私事，等我办完公事再拆不迟。”喝令立斩。然后拆阅，果然是求情信，但已无用。一些劣绅还借助迷信煽动地痞与不明真相的百姓闹事，阻挠开工。他一边做说服工作，一边捕杀两个为首之徒，事态当即平息。

开山用大斧，乱世用重典。向来成大事者必用铁手腕。沈葆桢、左宗棠、李鸿章、曾国藩，这一帮晚清名臣，本都是手无缚鸡之力的读书人，但他们都遇事不乱，刚毅过人，竟也杀人如麻。曾国藩的外号就是“曾剃头”。晚清的“回光返照”，全赖他们支撑。马尾船厂，这个中国近代工业的序幕，终于经沈葆桢的铁手轻轻拉开。

办洋务，最难把握的是与洋人的关系。沈葆桢的原则是：“优赏洋员，权自我操。”经济上给予高酬重奖，政治上一寸不让。船政是个复杂的联合体，其所属的工厂、学校、设计、绘图、管理等部门，经常保持有洋人技师、领班、教师、工匠、翻译、医生等六七十人。所以，船政衙门，也可以说是中国最早的“外国专家局”。沈葆桢给他们高薪。10年下来，雇用洋人共用银93万两，占船厂支出的18%。法国人日意格为总监督，从头到尾参与了船政活动，尽职尽责，起了极大的作用。沈葆桢给他月薪银1000两，而他自己的月薪才600两。洋技师月薪200两至250两，而中国工人的月工资最低4两，最高21两。这样的高薪买技术，沈葆桢认为值得。

但是在管理权上，沈葆桢绝不松手。当时清政府与列强定有屈辱的领事公约，通商中凡涉洋人之事由领事馆裁决，所谓“领事裁判权”。福州不是通商口岸，也未设领事馆。但法国驻宁波的领事却老远跑到福州来干涉船政。沈葆桢义正词严地说：“根据万国外交惯例，领事是为通商而设。船厂非商务机构，与贵领事何干？”左宗棠还逼法国外交部正式表态，再不干预中国的船政。

沈葆桢与洋人订有严格的合同，最终目标是对方必须教会中国人自主造船。前三年，洋人手把手地教；后两年只在一旁指导，让中国工人自己动手干。直到造出船，又能驾船出海，这样才算履行了合同，可兑现薪酬。对不遵厂规、不听指挥、不尽职守者开除、解聘。1869年，新造的第一艘轮船下水。总监工达士博要求用洋人引港。沈葆桢说，在中国的闽江口试航，我们熟悉水道，为什么一定要用洋人？不能开此先例。达士博以总监工身份相要挟，不答应就不上船，还煽动工人怠工。沈葆桢再三相劝，并因之推迟试航日期。达士博仍不让步，沈葆桢当即将其开除。而对尽职尽责的总监督日意格，沈葆桢除给予他重奖外，还奏请朝廷赏加提督衔并顶戴花翎，这是洋人在华获得的最高荣誉。正是有了高薪和沈葆桢的灵活把握的条件，总体上中外合作是愉快的。

那天采访船政旧址时，我意外地碰到一个正在为日意格筹备的个人回顾展。这是船政纪念活动的一部分。一位法国友人提供了他在华工作时的100多幅照片，还有他在法国工程师协会介绍中国船政的一个法文讲稿。这是一批极珍贵的船政资料。日意格是这样来评价他的两个中国合作者的。关于左宗棠，他说："因循守旧的北京政府，仅知道满足于在别人呈递的奏折上批文签字。左宗棠不得不为此计划独自担负全责。此项创举若是失败，他在中国官僚机构中所能达到的最为辉煌的职业生涯将毁于一旦。左宗棠决心无论如何要孤注一掷了，他不再听任其他官员对他将要进行的大业指手画脚，他的眼中只有一件事，就是迅速地将中国推上发展道路。他知道要迈出这至关重要的第一步需要有人勇挑重担。我真希望手边拥有这份左宗棠呈送皇帝的理由充分、勇气十足的奏折，你们若是读了这份奏折，一定会惊叹于他的观点。你们将会看到这些通常被我们认为滑稽可笑的人，品德是多么高尚，见识是多么深远。"他评价沈葆桢："中国政府特派一名钦差大臣来到此地担任总理船政大臣。这位官员名字叫沈葆桢，是一位出类拔萃、精明强干、意志坚定、善于指挥的将才。"

到1874年福州船政共完成15艘轮船，包括11艘军舰。左宗棠的计划，在沈葆桢手上已全部实现。近代中国的造船工业挤入了世界十强，技术水平与西方国家已相当接近。最大的"扬武"号已相当于国际上的二等巡洋舰。

三、洋为中用，落地生根，开放接纳促变革

沈葆桢栽榕时，也许没有想到他的洋务事业如这榕树一样，枝垂气根，根又生树，蔚然成林。

榕树生长于热带、亚热带，树形庞大。它有一个特殊功能，就是可以从枝上垂下细如毛发的丝绦，密密麻麻如帘如幕。当这细丝飘在空中时有如一团乱麻，随风来去，看不出有什么用途。但是，它有点像希腊神话里的安泰。只要柔软的须尖一接触到地面，就见土生根，再难撼动，根又成树，树又吐根。就这样连绵不断地延展开去，一树成林。国内最大的榕树家族有梁启超的家乡，广东省新会县的“小鸟天堂”，一树成林占地6亩。我见过海南岛昌江县的一棵榕树成林，占地竟达9亩。福建是盛产榕树的地方，福州就简称“榕城”。马尾建厂之时，沈葆桢带头植榕，一时闽江口内外郁郁葱葱，蔚为壮观。每当沈葆桢坐在船政衙门大堂上办公，看着窗外日渐繁茂，已覆盖了山脚海滩的榕树林时，特别是那些气根落地又生出的第二代、第三代的榕树时，心里就有了一些宽慰。

办厂之初，最缺的是人才。中国从汉到清独尊儒学，以文章选人立国。好的一面是教人礼义廉耻，修炼人的品德；琴棋书画，修养人的心性。不好的一面是重文，轻工、轻商，更不研究自然之理，在唯心和自我陶醉中生活，个人自我感觉顶天立地，国家自封为“天朝”，闭关锁国。1866年左宗棠上书办船厂，其时上溯200年，即1666年，牛顿已经发现万有引力，而中国却还没有“物理学”这个词；上溯100年，1765年瓦特

已发明了蒸汽机，而中国的主要动力还是人力、畜力。在中国的教育体系里只有文科，没有工科。知识体系里只有经、史、子、集，没有自然科学知识。有个古人说，“半部《论语》治天下”，《论语》里只有礼义廉耻，而没有物理、化学。“安于拙、傲以无”，盲人骑瞎马，用人类的一半知识来治国，这怎么能立于世界民族之林呢？

在这种教育和选官体制中，左宗棠屡试不第，他就愤而不再应试，在家里自学农桑、水利、地理等有用之学。沈葆桢倒是按科举制度中了进士，点了翰林，走入仕途。但是他一与西方人打交道，就发现自己简直是一个文盲。他痛感一个国家的落后是文化落后、人才落后。现在要造船，牵一发而动全身、动全国、动了老祖宗。首先动到了中国的教育体系。千百年来科举制培养的秀才、举人、进士，一个也用不上。他们决定边办船厂，边办学校。从西方引进造船业像栽下了一棵大榕树，但这树如果只有树干，而没有“气根”，永远只是一棵树，不能繁衍，不能成林。左宗棠上书说，花上几百万两银子，只造出十几条船，这不是目的。最终是要培养出自己的人才，能造船，会开船。他请办一座“求是堂艺局”，他要让洋人给他“下崽”。一听这个学校的名字就很有意思。既不是传统的“书院”，也不是后来叫的“学堂”“大学”。而取名“局”，在“局”中求自然之“是”（规律），学习具体的技艺。“艺”是从传统的六艺而来，中国还没有“技术”这个词。它生动地反映了中国教育机构的进化过程。就像一条进化中的美人鱼，已有人头，却还留着鱼身。

沈葆桢决心要在洋务这棵“大榕树”上多生下点气根，接入中国的土壤，完成由洋到土的转化。船厂一开办，他就同时办了两所学堂：前学堂与后学堂。前学堂用法文授课，教造船，培养技工；后学堂用英文授课，教驾船，培养海员。沈葆桢亲自出题，招考最优秀的学生。学校实行最严格的“宽进严出”制度。每两个月考试一次，依考分划为三等。一等赏洋银10元。如三次一等，另赏衣料；如三次三等则除名。开办之初共收生300余人，只有一多半的人读到了毕业。现在看当时的办学章程，实为在中国近代教育史上打下的第一根界桩。兹录如下。

求是堂艺局章程

第一条 各子弟到局学习后，每逢端午、中秋给假三日，度岁时于封印日回家，开印日到局。凡遇外国礼拜日，亦下给假。每日晨起、夜眠，听教习、洋员训课，不准在外嬉游，致荒学业；不准侮慢教师，欺凌同学。

第二条 各子弟到局后，饮食及患病医药之费，均由局中给发。患病较重者，监督验其病果沉重，送回本家调理，病痊后即行销假。

第三条 各子弟饮食既由艺局供给，仍每名月给银四两，俾赡其家，以昭体恤。

第四条 开艺局之日起，每三个月考试一次，由教习洋员分别等第。其学有进境考列一等者，赏洋银十元，二等者无赏无罚，三等者记惰一次，两次连考三等者戒责，三次连考三等者斥出。其三次连考一等者，于照章奖赏外，另赏衣料，以示鼓舞。

第五条 子弟入局肄习，总以五年为限。于入局时，取具其父兄及本人甘结，限内不得告请长假，不得改习别业，以取专精。

第六条 艺局内宜拣派明干正绅，常川住局，稽查师徒勤惰，亦便剽学艺事，以扩见闻。其委绅等应由总理船政大臣遴选给委。

第七条 各子弟学成后，准以水师员弁擢用。唯学习监工、船主等事，非资性颖敏人不能。其有由文职、文生入局者，亦未便概保武职，应准照军功人员例议奖。

第八条 各子弟之学成监造者，学成船主者，即令作监工、作船主，每月薪水照外国监工、船主薪银数发给，仍特加优擢，以奖异能。

沈葆桢是为了造船才同时培养人才的，无意中他成了中国工科教育和职业教育第一人。中国的第一所工业专科学校，也是中国的第一所职业教育学校诞生了，这是一个伟大的创举、一座历史的里程碑。

过去儒家教育强调义理一面，遇强敌入侵幻想“忠信为甲胄”，这种唯心论有如义和团“刀枪不入”的魔咒。结果无论是疆土还是肉体都被洋炮炸得粉碎。可见唯心论是因为不明自然科学而产生的。沈葆桢开办船政学堂之初，中国的孩子还没有一点科学基础。他只能选品德好、性聪明的少年重新打造。他先以儒家观点考其品学，为首期考生出的题目是“大孝终生慕父母”，考得第一名的是后来的大思想家严复。但学生一入学，就再不要这块敲门砖，金蝉脱壳，甩掉“之乎者也”，立即钻进科技书堆中。沈葆桢自己也恶补科学。学堂开的课有代数、几何、物理、微积分、机械，还有船体和蒸汽机制造两门实习课。他又选15岁至18岁力大、聪明的孩子办了一个“艺徒班”，这是中国最早的技工学校。他又发现，只跟着师傅照葫芦画瓢学造船还不行，还要能自己画图设计，于是又开设了“绘事院”，这又是中国最早的工业设计院。总之，沈葆桢借船政，牵一发而动全身，牵出了近代教育，催生了近代先进思想和科学技术人才，牵动了历史。这也是他始料不及的。

中国的文化人物大致有五个阶段。一是古代传统文化人物，读经书，过科举，守儒教；二是近代文化人物，虽出身科举，但开始吸收西学，从张之洞到梁启超；三是现代文化人物，上过私塾，但已废科举，后又上了西式新学堂，如鲁迅、胡适；四是有旧学底子，后又接受马克思主义，如陈独秀、毛泽东；五是当代文化人，在新中国成长起来，先接受马克思主义教育，改革开放后再次学习西方文化。在这个文化传承的链条中，船政学校正当古代文化到近代文化的过渡，是第一类文化人向第二类文化人转换的桥梁，是一次文化大变革。它培养的人才，填补了从旧式经学到新式实用科技的空缺。而且他们在接触西方科技的同时，又必然接触西方的思想文化。于是，这批人又成了东西方文化的桥梁。他们中间出了翻译《天演论》的严复，翻译《茶花女》的林纾，修了中国第一条铁路的詹天佑，而船校几乎培养了中国海军的全部骨干。

1871年，30余名船校学生驾船进行了第一次航海训练。南至新加坡，北至辽东湾，这是中国近代海军的第一次远航。而在20多年后的甲午战争，中方参战的12艘舰的舰长（管带）14人，有10人是马尾船校第一期的同班同学。其中4人阵亡，3人战败后愤而自杀。美籍历史学家唐德刚在《晚清七十年》一书中说，这是“一校一级之生而对一国”之大战。辛亥革命后，临时大总统孙中山即到马尾视察，他说：“到马江船政局，乃知从前缔造之艰，经营之善，成船之多，足为海军之根基。”民国时期的海军军官，绝大多数都是马尾船校出身。新中国成立前夕，张爱萍受命初创海军，他一个一个上门拜访的海军宿将，还是马尾船校旧人。1949年8月28日，毛泽东接见国民党海军起义将领时说：“1866年马尾船政学堂开办起来，中国算是有了近代海军、现代海军。”民国海军部长萨镇冰活到95岁，见证了三个时代的海军事业。

在马尾闽江口，沈葆桢亲手栽下的这棵巨榕，绵延海疆8000里，荫庇华夏百余年。要论其大，远超新会和海南的大榕。沈公榕的生命力极强。我们在老厂区采访时，随便在办公楼的走廊上、窗户下，都能看到墙缝里钻出的榕树苗。而院子里，更是大榕蔽日。福州身为榕城以榕树为骄傲，现从马江口到罗星塔顶，建成了一座大型榕树公园。满山的榕树攀山附石，层层叠叠，绿云压城。气根从天而降，密如天幕，有的竟穿透石块，石上生根，直如弦，挺如柱。它们都是沈公榕的后代。而路旁、草地上的树下，因地取势，遍立了严复、詹天佑、林纾、邓世昌等几十个船政人物的雕像，他们都是沈葆桢的学生，都或坐或立，仰望大海，还在关心着中国的海疆、中国的命运。

四、最遗憾，未能狠揍日人一棒，历史遂成糜烂之局100年

正当沈葆桢全力以赴造船强军，冀为病弱的大清帝国快快生肌长肉、补气壮骨之时，列强也加快了对中国的挑衅蚕食。

与马尾一水之隔的台湾岛，历经荷兰人侵占，郑成功收复，后又回归祖国。岛上只有薄弱的清兵守备，管理松散。日本早就对台湾岛垂涎三尺。日本是一个岛国，其传统文化中的海盗基因、扩张本性难改。无时不在寻机挑衅，总想咬邻居一口。

1871年冬，时属中国藩国的琉球派69人往广东中山府纳贡。返途遇风暴漂至台湾岛，淹死3人。余66人误入当地高山族的一支“牡丹社”住地。那时高山族还未开化，有杀人取头之习，多者愈受尊敬，推为酋长。又有54人被追杀，余12人被知县保护，送至省城福州。休养一段时间后，送回琉球。此事与日本毫无干系。1873年日派员到华交换通商条约，借机质询两年前的杀人之事。中方答：“台、琉二岛皆属我土。杀人之事，裁决在我，与贵国何干？”但日本人已铁心要侵台，继续在做文章。1874年3月，日照会清政府：“前年冬，我国人漂流其地，被杀戮者数十名，我政府将出师问罪。”这种强找借口，占你一地，甚至灭你一国，向来是帝国主义的本性。就像一匹狼对一只羊说：“你的邻居吃了我窝边的草，所以我要吃掉你。”即使没有借口，它也可以随便制造一个。1937年的卢沟桥事件，就是日军借口在训练中走失一个士兵，要强入宛平县城寻人。接着就开枪开炮，占北京，占华北。

1874年4月，日本判断清政府不敢抵抗，正式宣布组织远征军侵台。5月17日，日军3500人在台湾南部登陆。清政府反应迟钝，到5月底才连忙下旨“沈葆桢著授为钦差，办理台湾等处海防兼理各国事务大臣”。沈葆桢接任后提出，一边办外交，以理屈敌；一边“储利器”积极备战。要求速购两艘铁甲舰，并召回马尾船厂经年所造的已在天津、山东、浙江、广东等沿海服役的各舰备用。又建议速铺厦门到台湾的海底电缆，以通军情。他摆出决战之势，以震慑日本之野心。随后沈葆桢于6月19日到达台湾，坐镇指挥。而这时日军已控制了台南的地盘。所到之处一如后来侵华时的“三光政策”，到处奸淫烧杀。日人之本性原本如此，国策以侵略为本，治军以兽性为纲，育人用武士道精神。我高山族同胞一面以原始刀矛奋起抵抗，一面请求沈葆桢保护，愿协同官军一致抗日。

沈一面备战，一面抚民、修路、练兵。“结民心，通番情，审地利”，“全台屹著长城”。他始终以软硬两手对敌。先派人谈判，以理屈兵。他在照会中说，“琉球虽弱，亦俨然一国，尽可自鸣不平”，“即贵国专意恤怜，亦可照会总理衙门商办”，为何要出兵？再说，当时只“牡丹社”一社杀人，而今天日军报复，却在整个台湾南部杀人掠土，波及无辜。严正声明“无论中国版图，尺寸不敢与人”，并指出你军后勤补给已出现困难，粮运已为我控制，就不想想后路？“本大臣心有所危，何敢不开诚布公，以效愚者之一得”，我真替你捏一把汗呀。这义正词严、软中带硬的照会，使敌一时不敢妄动。

他深知日本人是在讹诈，一再吁请朝廷切不可退让。他说：

“倭奴虽有悔心，然窥我军械之不精，营头之不厚，贪鸷之心，积久难消。退后不甘，因求贴费，贴费不允，必求通商。此皆不可开之端，且有不可胜穷之弊。非益严儆备，断难望转圜。”

他积极调兵，又请日意格雇来洋匠在台湾安平修筑了巨大炮台，基隆、澎湖等地也加筑炮台。马尾船厂这几年建造的“扬武”“飞云”“万年清”等十多艘兵舰全部调来台海。又请日意格出面租借外轮，从大陆运来当时中国最精锐的陆军——淮军。清军渐成绝对优势。而这时日军后勤补给困难，师老兵疲，士兵思乡厌战。到7月疾病开始流行，每天运来之兵数量不抵送回之病号数量。侵台高峰时士兵、民夫4600人，病死者达560人。随着时间的推移，对日方愈加不利。沈葆桢又托日意格物色到一艘丹麦铁甲船，并交了定金，清军更如虎添翼。

当时中日的军力对比，日本并不比我国强多少。日本是1867年开始明治维新的，到1877年内战结束，前后10年才正式完成。它也曾经历了闭关锁国，被西方欺侮，订立不平等条约等和中国一样的过程。而这10年也正是中国觉醒大办洋务自强的10年。历史巧合，1867年日本颁布维新令，这年中国马尾船厂开工、洋学堂开学。中日两国同时睁开眼向西方学习，在图强路上赛跑。但是，双方文化背景不同，一个是谦谦君子，学习是为了自卫；一个有海盗本性，学习是为了扩张。而明治维新除了发展工业外，在体制上还埋下了天皇制和军国主义的种子。李鸿章评价日本人“其外貌恭谨，性情狙诈深险，变幻百端，与西洋迥异”，“日人情同无赖，武勇自矜，深知中国虚实，乃敢下此险著”。日本看准了中国官场的腐败、偷安、避战，如狼伺羊，不咬一口，总觉吃亏。

这时候沈葆桢的头脑最清醒。他认为，最好的办法是当其未成气候之时，猛击一棒，打断脊梁，灭其野心，一除后患。他的计划是，在台湾一举歼灭侵台日军，然后我舰队在琉球登陆，挥师长崎港，聚歼鹿儿岛舰队，迫敌订城下之盟。一战慑敌，使之数十年之内再不敢妄动。自古凡有战事，总会有投降派跳出来，这时“各路劝勿开仗之信，纷至沓来”。沈葆桢一边应付日本人的侵略，一边还得应付国内投降派的掣肘。枪杆子、笔杆子，他一手提枪对日备战，一手握笔与投降派论战。他说“倭备日顿，倭情渐怯”，“倭营貌为整暇，实有不可终日之势”，“虽勉强支持，决不能持久也”，“若欲速了而迁就之，恐愈迁就，愈葛藤矣”，“臣等汲汲于备战，非为台湾一战计，实为海疆全局计。愿国家勿惜目前之巨费，以杜后患于未形”。否则，“急欲销兵，转成滋蔓”。正当沈葆桢秣马厉兵要直捣黄龙之时，北京传来议和消息。清政府赔银50万两，换取日本撤兵。侵略者未得到惩罚，志得意满，体面收兵。

从1866年沈葆桢接手办船政，到1874年10月，日本侵台罢兵。8年间，沈葆桢从无到有，打造了一支中国海军，在当时的世界上已进入十强之列。正因为有了这支海军，才镇住了日本的侵台野心。但正当他要挥起这把利剑剁敌魔爪时，清政府议和了。1875年7月他遗憾地从台湾岛返回。

8年洋务，8年蓄势。功亏一篑，一朝放弃。臣子恨，恨难平。

沈葆桢郁郁不乐，回到了他的马尾船政衙门，猛抬头看到了柱子上手书的对联：

以一篑为始基，自古天下无难事

致九泽之新法，于今中国有圣人

新法已学到手，圣人却寸步难行。没有技术不行，只靠技术，政治不强也不行。日本是一个搬不走的坏邻居，中国失去了一次震慑恶邻的机会。而从此，日本渐渐坐大，野心更加膨胀，日后给中华民族造成的麻烦，如沈葆桢所言“愈迁就，愈葛藤”，“急欲销兵，转成滋蔓”，一直葛藤不断，滋蔓了100年。先是20年后，1894年的甲午战争，中国大败。日本不忘在台败于沈葆桢的旧恨，立逼清政府割让台湾岛。1931年日本又发动“九一八事变”，侵占了大半个中国，我艰苦抗战14年，牺牲军民3000万人。至今日本还在东海寻衅、南湾挑事，一如当年。这国际关系就和人与人一样，你一回示软，人家欺侮你100年。

五、壮士断腕，华丽转身求再生

现在我们再回到文章的开头，当年马尾厂区的那棵老榕树，横空断枝，留下了一个秃兀的树身。这断下的一枝哪里去了？

老榕断枝，是马尾船厂史上的一件奇事、大事。

到了21世纪初，马尾船厂早已不是150年前跟着洋人学造船，而是订单遍五洲，洋人上门来买大船了。船厂已扩大成集团公司，老厂区再装不下这个大摊子。近年来，他们在海边选址，建起了更大的船坞、码头和办公楼，只等150年庆典一过就搬新家。搬厂房、搬船坞、搬设备，这些都好说。就连那个法式的老钟楼，也都已按原样在新厂区复建了一座。但是，那棵巨大的沈公榕怎么办？它连着马尾人的心，难割舍，却移不走。

还有一年了，搬家工作开始倒计时。正当大家苦无良策、一筹莫展之时，7月的一个晚上雷声大作，风狂雨骤。一道闪电划破夜空，轰隆一声，有如陨石落地，震得厂区都轻轻一动。第二天起来一看，沈公榕之一枝齐齐地断裂于地，青枝绿叶，团团气根，整整盖满了半个院子。而树梢在地上伸展开去，直抚着老钟楼的墙根。雨停了，榕树的叶片被洗得洁净油绿，在橘红色的晨辉中愈发光彩照人。平时如一团乱麻的气根，也被雨水漂洗得干干净净，梳理得齐齐整整，就像船甲板上一盘备用的新缆绳。正是上班时分，人愈聚愈多，大家围过来看着断枝，都不说话，像是在肃穆地行着注目礼。谁都知道沈公榕是马尾厂的魂。当此船厂更新换代之际，老榕有灵，高呼出门。壮士断腕，要华丽转身！

这意外的事件倒给厂领导带来了灵感，虽说榕树靠气根繁殖，我们能不能试一试整枝栽培呢？他们请来园林专家，把这枝合抱粗的断榕小心清理，扶上卡车，护送到新区，一年后居然成活，为我们纪念沈葆桢留下了一件活着的念想之物。

沈葆桢是一位很低调的人物，他的历史贡献与他的知名度很不相称。他从左宗棠手中接办船政，晚年又与李鸿章分管南北洋海军，为朝廷重臣。他一生不忘强军固海，1879年在生命垂危之时，仍口授奏折，要朝廷加强海军，警惕日本，报此旧恨。“倭人夷我属国，虎视眈眈，凡有血气者，咸思灭此朝食”，“臣每饭不忘者，在购买铁甲船一事……倭人万不可轻视……倘船械未备，兵势一交，必成不可收拾之势”。可惜天不假命，他只活了59岁。灭倭而后朝食的壮志未能实现。

沈葆桢是林则徐的外甥兼女婿，很得林则徐的家风。“苟利国家生死以，岂因祸福避趋之”，他只求报国，不求闻达，一生清贫，甚至在世时身为高官，常要借债度日。他临终也没有给孩子留下一间房、一亩地，反而留下一份这样的遗嘱：“身后，如行状、年谱、墓志铭、神道碑之类，切勿举办。”有点像鲁迅说的只求速朽。他本人的著作也不多。只是随着时间的推移，中国海军和造船事业的发展，以及国际形势似曾相识似的循环归来，人们才又想起这位开拓者、预言者，近年才有了些对他的研究。

2016年12月20日，在150年庆典的前三日，我来到马尾船厂新区。沿海边的几个大型船坞里停着十几层楼高的在建大船。岸上滑动的巨型龙门吊，就像一道移动的彩虹。李厂长手指海边，讲解说，那一艘是在建的地质采矿船，可直接从1500米的深海下采矿、粉碎、装船。那一艘是科考船的生活船，本身就是一个七层楼的活动大旅店。我们头戴红色安全帽，在机器的轰鸣声中要大声喊话。人行走在这如山的大船旁和悬在半空的龙门吊下就像几只正在蠕动的小甲虫。

新区已建成了一座12层高的办公大楼。楼前广场上刻意保留了有当年船政记忆的三件标志物：沈葆桢雕像、沈公榕和法式钟楼。沈葆桢的雕像，背靠大楼，面向大门，雄伟高大。感谢马尾人，恐怕这是中国大地上唯一的沈葆桢雕像了。他顶戴花翎，身披长袍，手执一卷文书，许是新船的设计图，或者是将要上奏的船政方案。海风拂动他的长袍，他挺身眺望着碧浪滔滔的大海。他看见了什么？看见了150年来海面上滚滚不停的巨浪，看到了头上的天空诡谲多变的风云。他还在翘首瞭望，他放不下这颗赤子心。雕像高1.866米，寓意1866年，船政也即是近代中国海军的开创年份。底座高4.7米，寓意他在47岁那年接此重任，启动了中国近代海军史的历史车轮。而在他的右后方，就是那棵新栽的“壮士断腕榕”，主干有一抱之粗，上面的细枝已吐出翠绿的叶片和团团的气根。整个树形，昂首向东，指向古钟楼，如一匹伏枥的老马，随时准备飞腾上阵。

有趣的是沈葆桢雕像的面部和沈公榕的树梢都还蒙着一块薄薄的红色纱巾，在微风中如一团火苗。厂长说，要等到三天后，大庆正日子的那天早晨，才会在锣鼓和鞭炮声中揭去这块红盖头。为的是要给沈公一个惊喜，让他看看150年后，今天中国的新船政。

时空中的一个坐标

陈启文

一

北京东城，府学胡同63号，听起来有某种阴森的神秘感，像一座深藏着无数秘密的王府。当我问路时，哪怕是“老北京”，一下也反应不过来。一个坐在小板凳上的北京大爷朝我翻了翻眼皮，以一种近乎警惕的神情问：“您说的那是啥地儿？”

但顺天府学很多人都知道，不知道府学的也知道孔庙。去那儿，先要穿过一条苍老的胡同，这条胡同只因有一座顺天府学而得名。岁月中有太多的阴差阳错，而偶然又往往变成必然。顺天府学的前身据说是元末的一座报恩寺，寺庙刚刚盖好，连佛像还来不及安放，明军便一举攻入元大都。报恩寺僧人在兵荒马乱中生恐寺院被明军强占。而和尚出身的朱元璋对佛庙之类满不在乎，却特别在乎孔孟等圣贤的庙堂，严令明军不得擅自闯入。众僧在惶急之中便将一尊孔子像置于庙堂，一座佛庙由此而变成了孔庙，再也改不回来了。永乐元年（1403年），在燕王朱棣以其“圣武神功”夺得天下后，升北平为顺天府，孔庙又成为顺天府学，而一条府学胡同，穿越600年岁月，从明朝一直贯穿至今。

我来这里，不是来拜谒一座孔庙或府学，而是来拜谒一座比府学还早100多年的前身，一座几乎处于被遗忘状态的土牢。在宫殿、王府和大夫第此起彼伏的老北京，眼前出现的是一座看上去很不起眼的建筑，一座寂静的门楼连接着一座坐北朝南的老宅院，土灰色的墙，土灰色的瓦，连北京深秋的阳光看上去也是土灰色的，愣愣地照着这土灰色的一切。它的表情是安详的、自在的，仿佛天生就是这个样子。

我瞅了瞅那个门牌号码，如同历史的指证，就是这里了。

没有丝毫震惊，也没必要仰望。走进大门，一目了然，远没有我想象的那样阴森神秘、深邃复杂，在一棵枣树向南倾斜的稀稀疏疏的树影下，大门、前殿、后殿，以安稳的节奏不紧不慢地展开。穿过一个狭长的过厅，如同穿过一个人的一生一世。这是一种设计，人类真是充满了智慧，他们可能连想也没想就这样决定了，用这样一个过厅来展示一个人的平生，这让一个人和一段历史有了一条不再拐弯抹角的捷径，也让一个人走进历史的途径变得直接而简单。然而，走过这段历史的过程还是比我预料的要漫长得多。

除了我，这院子里几乎没有别的人。这其实很适合一个历史旁观者在这里旁若无人地游走与遐思。回忆中的岁月如同倒流，与其说是回忆又不如说是想象。但无论如何想，还是难以想象，这里曾经是一座一半在地下一半在地上的土牢，这土牢隶属于元朝兵马司，又称“兵马司土牢”。一个王朝的开国皇帝，就是用这样一座土牢来囚禁另一个王朝的末代丞相，这让一座土牢成为时空中的一个坐标，既是历史的开端，也是历史的结局。但要找到那座兵马司土牢已经不可能了，连一座当年的元大都如今也只剩残余的土城遗址。不说元代建筑，哪怕要寻找一座能完整地保存下来的明代古建筑也是一件奢侈的事。但我还是情愿相信，一个王朝最后的守望者，他生命的最后岁月，就是在这里度过的。

二

文天祥被押解到元大都的确凿时间，是元世祖至元十六年（1279年）十月。当他从广州上路时还是春夏之交，抵达大都时已是深秋，秋风拂过枯败的黄叶，连同那薄如叶片的时光，从一个俘虏身上纷纷掠过，犹在我走过来的这条胡同里无声地飘飞。一个王朝灭亡了，这个秋天多么寂静，但还有一些前尘往事并未尘埃落定。

接下来的历史，只能按元朝的纪元来进行。这样意味着，又一个由北方少数民族入主中原的王朝，已被中华民族奉为一个正统的王朝。对文天祥而言，这无疑是一件非常尴尬的事，而他接下来的存在，事实上已是时空中的一个悖论。从胜利者来看，在征服了一个王朝之后，接下来要征服的是人心，而要征服南人之心，最好的方式就是从一个人心所向、众望所归的代表性人物开始。这其实就是文天祥最后的利用价值，而眼下，他们俘虏的还只是文天祥的躯体，若要利用这个俘虏，还必须俘获他的心灵。

换一种视角，从文天祥来看，一个王朝已经灭亡，一个忠贞不渝的忠臣事实上已丧失了效忠的对象。这样一个事实，在文天祥被押到广州时，那个俘获他的元将张弘范就及时点醒过他："南宋灭亡，忠孝之事已尽，即使杀身成仁，又有谁把这事写进国史？文丞相如愿转而效力大元，一定会受到重用。"但文天祥却执迷不悟："国亡不能救，作为臣子，死有余罪，怎能再怀二心？"张弘范微微一笑，不复言。按张弘范的想法，他是不想带着这样一个累赘上路的，从他与文天祥打交道的过程中，他也知道这个人的愚忠已到了无可救药的程度。既然留着这没用的东西，那就不如干脆杀掉，兴许还能让南宋那些依然心存幻想的人，在绝望中死心塌地归顺大元帝国。但张弘范还没有权力擅自杀掉一个亡国的丞相，决定文天祥生死的是元世祖忽必烈。忽必烈在灭宋之后突然变得仁慈了，慨然道："谁家无忠臣？"他命张弘范对文天祥以礼相待——这实际上又反映了统治者的另一种心机，善待另一个王朝的忠臣，说穿了也是对本王朝忠臣的一种激励。

有了元世祖殷切的关照，一个走在穷途末路上的亡国丞相一路上都受到了优待。抵达大都，他仿佛不是一个俘虏，而是上宾，他被安置在朝廷专门接待宾客的会同馆里。当然，接下来便有人来劝降招安了。第一个来劝降的是留梦炎。此公和文天祥一样，也是状元出身的南宋丞相，他于宋端宗景炎元年（1276年）降元后，命保住了，官也保住了，从礼部尚书迁为翰林承旨，后又拜相。从南宋丞相到元朝丞相，可见这个人是何等的识时务，识时务者为俊杰。而他也的确为元朝立下了汗马功劳，在宋元交战之际，他为元朝招降了一大批“弃暗投明”的宋臣宋将，让蒙元大军兵不血刃就占领了大片大宋江山。现在，他以自己的现身说法来规劝文天祥，很谦恭，很真诚，很有说服力。但文天祥一见留梦炎就没有好脸色，搞得留梦炎只好悻悻而去。紧接着吕师孟也来了，此人原为南宋兵部尚书，德祐二年（1276年）正月，文天祥奉命与元军谈判，双方在谈判桌上正相持不下，吕师孟竟提前向元军献上降表。这让文天祥还怎么谈呢？回朝之后，文天祥立马上书请斩吕师孟，而吕师孟却干脆向元军投降。此时，作为降将吕师孟穿着一身元朝的官服，大摇大摆地走到了文天祥的面前。他就没有留梦炎那样谦恭了，一开口就挖苦文天祥：“丞相请斩叛逆遗孽吕师孟，现在我来了，丞相为何不杀了我呢？”文天祥厉声呵斥：“你叔侄都做了降将，没有杀死你们，是本朝失刑。你无耻苟活，有什么面目见人？”吕师孟讪讪地说了声“丞相骂得痛快”，便转身走了。

眼看着一个个降臣降将的现身说法都未奏效，忽必烈又把一个投降的皇帝请出来了。文天祥不是南宋的忠臣吗？宋朝灭了，但皇帝还在。应该说，在对待南宋君臣上，元世祖忽必烈还真是表现出了一个胜利者足够的仁慈，只要投降，一律予以善待。文天祥尊敬的谢太后在归降之后被封为寿春郡夫人，文天祥所效命的南宋天子宋恭帝赵㬎被封为瀛国公。在宋元交战的最后几年里，这老太后与小皇帝也被屡屡恭请出来，以规劝他们的臣民放弃抵抗，让天下归心，而天下自然是元朝的天下。这样的劝降很有效果，与其说是来自一个老太后、一个小皇帝的号召力，不如说是让那些在降与不降中挣扎的臣子有了一种伦理上的解脱。既然太后和皇上都归降了，他们的归降就不能说是叛国投降，而是对太后和皇上的忠诚追随。从后世对谢太后是非功过的评价看，也并未把谢太后简单地看成投降派、卖国贼，并且对她最后下诏降元抱有情有可原的体谅。从历史的实际出发，对于南宋末年那样一个孤儿寡母式的残破危局，这位太皇太后选择降元实在有太多的无奈，后世也实在不能苛求她抗争到底。又从历史大势看，汉民族可以接受异族的统治，却不能接受分裂，谢太后能舍半壁江山，求天下统一，与其说是投降，不如说是主动接受国家的统一。这就不是什么投降卖国了，这是一种政治智慧，有着更深远的历史眼光。

宋恭帝5岁随太后降元，元世祖让他来劝降文天祥时，还是一个七八岁的孩子，又知道什么呢？他甚至连自己当过皇帝都懵懂无知。但在文天祥眼里，这孩子却依然是天子、圣上，一见宋恭帝赵㬎，他便北跪于地，痛哭失声，又深深地叹了一口气，对宋恭帝赵㬎说："圣驾请回！"关于宋恭帝赵㬎，还有一段后话：他18岁那年，忽必烈忽然赏给他许多钱财，叫他去西藏萨迦寺当喇嘛，法号"合尊"。他很有悟性，也很有佛性，在萨迦寺学会了藏文，还曾将《大乘百法明门论略录》《因明入正理论》这两部汉传佛教经典翻译为藏文，在藏传佛教中影响很大，他也成了藏传佛教的高僧。据说，直到元英宗至治三年（1323年），他年过天命时，才知晓自己从前的皇帝身份，他在悲哀与惆怅中赋诗一首：“寄语林和靖，梅花几度开？黄金台下客，应是不归来。”然而，一个人知道了自己天命中的秘密，也就天命将尽了。他这首对自己的命运颇有些不甘心的绝句，很快就成了生命的绝唱。其时已是元英宗当政，英宗读了他的诗，遂下令赐死。赵㬎死时53岁。关于这位亡国之君的结局，在正史中没有记载，但在汉文《佛祖历代通载》中有这样一句：“至治三年（1323年）四月赐瀛国公合尊死于河西，诏僧儒金书藏经。”

从南宋的灭亡到宋恭帝最终的命运，说穿了也是一种难违的天命。换句话说，这是历史大势之下的一种必然宿命。从长远的历史眼光看，当忽必烈从一个入侵的强寇，成为君临天下、为天下人所尊奉的大元帝国开国皇帝，当蒙古人建立的大元帝国被汉民族视为一个正统的王朝，当中华民族甚至以这样一个在开疆拓土上表现出巨大能量的王朝而备感荣耀和自豪时，文天祥的忠诚和坚守是否还有意义？他忠诚的对象又到底是什么？对文天祥的忠诚是非常有必要解读的，这其实也是解读中国历史上那些爱国英雄、民族英雄的一个难解的症结，又正是这样一个难解的症结，一直支持着文天祥。我等后世，也只能基于历史事实来揣测他当时的心理。从士大夫的伦理看，摆在第一位的是忠君，宋恭帝投降前，他起兵勤王，可以说是忠君的具体表现。而宋恭帝投降后，他没有跟着投降，坚持“君降臣不降”，又追随一个南宋小朝廷而赴汤蹈火，这就不是忠君而是效忠于朝廷了。而当南宋小朝廷在大海里沉没，他所有的忠诚对象都已丧失，他忠于的又到底是什么呢？按照孟子“民为贵，社稷次之，君为轻”的正统儒家信仰，此时他效忠的应该是社稷了。一个王朝灭亡了，但国破山河在，社稷还在，只是改朝换代了，如果他效忠于元朝，并没有改变他对社稷的忠诚。经过这样一番推理，他所忠诚的对象就只剩下民族与人民了。当宋朝的臣民一变而为元朝的臣民，也不会改变他对人民的忠诚。而最后剩下的就是对民族的忠诚了，这也正是他最后忠诚的对象——汉民族。他忠贞不渝的唯一意义，就是对汉民族的绝对忠诚。这就是他的历史意义和历史形象，他是一位民族英雄，一位汉民族的坚贞不屈的英雄。而当中华民族成为一个包括了蒙古族等众多少数民族组成的伟大民族，一个汉民族英雄也就失去了伟大的意义，文天祥也就完全沦为一个狭义的汉民族英雄。

历史逻辑严谨而残酷，但我不想做模糊处理。基于这一历史逻辑，重新审视这一历史形象，我不得不问，他对历史大势是否出现了误判？文天祥被俘时才40岁出头，若能归顺元朝，还大有出头之日。而以元世祖对他的敬重和器重，甚至三番五次要拜他为丞相，而以元朝的天下之大，作为一国之宰相，也有足够的空间让他来施展自己的政治抱负。若按文天祥为南宋设计的政治思路，他非常有可能成为一个“利在当代，功在千秋”的政治家，而这样的选择，是否比成为一个狭义上的民族英雄更有政治家的远见卓识，对天下百姓更有实用价值？他的历史意义乃至接下来的整个历史是否可以重新改写？然而，在文天祥的坚守之下，历史注定已经无法改写。

由于多次派人劝降不成，元世祖终于忍无可忍，对文天祥“遂用酷刑”。文天祥从会同馆原本还算优待的软禁状态，带着一身受刑后留下的伤口与血痕被关进兵马司监狱，从此便被囚禁在这一半在地上一半在地下的土牢里，而他生命的最后一段岁月，也就处于这种半活埋的状态。对700多年前的那个现场，我只能根据历史的残片来拼凑还原。那是一间如同墓穴般的土牢，冬天冷得像一个冰窖，春夏又潮湿闷热，由于不通风，空气恶浊，臭秽不堪。一个囚徒，戴着沉重的枷锁和脚镣手铐被狱卒呼来喝去，还要经受住一次又一次酷刑的折磨，哪怕一个铁打的汉子，也经受不住这炼狱般的痛苦。这样你就理解了，为什么他要一心求死，因为实在是生不如死。他在狱中绝食过，自杀过，然而，当一个曾经主宰天下的宰相一旦沦为囚徒，就连死也不能自作主宰了。

只要文天祥一天不死，元朝统治者就不会放过他。在经历了一段时间的折磨后，文天祥又被押到枢密院大堂，这一次是大元帝国丞相孛罗亲自审讯他。此时文天祥已经一身是病，形销骨立，却依然昂然而立。进门时，他只对孛罗抱了抱拳，就算打过招呼了。孛罗这次是来硬的，他喝令左右强迫文天祥跪下，他拼命挣扎着，哪怕被按倒在地，他也没有跪下。而经历了这样一番折腾，被折腾的好像不是文天祥，而是孛罗，那故作高深的一张脸，此时连青筋都暴出来了，他用低沉而疲倦的语气问："你现在还有什么话可说？"

文天祥平静地说："天下事有兴有衰。国亡受戮，历代皆有。我为宋尽忠，只愿早死！"

孛罗立马露出一副强盗般的凶相，咬牙切齿道："你想死，我偏不让你死！"

对这样一个认死理的人，无论是丞相孛罗，还是元世祖忽必烈，真是无计可施了。一个看上去那么文弱的书生，他的骨头、他的脑袋，竟然比岩石还硬。你越来硬的，他越是坚硬无比。忽必烈只得下令解除了他的脚镣手铐，过了半个多月，才给他卸去枷锁。又一轮优待开始了，狱卒奉命给他端来了香气扑鼻的饭食，文天祥已有很长时间没有吃过一顿饱饭了，一个饥饿的囚徒，痴痴地望着那精心烹制的鱼肉，拿起筷子忽然又放下了，"我不吃官饭数年了"。这下，轮到那狱卒痴痴地望着他了。在一个狱卒眼里，这是一个他永远也难以理解的囚徒。

文天祥在这间土牢里被关押了四个年头，从劝降、逼降到诱降，元朝君臣备感让一个囚徒俯首称臣，要比让一个王朝俯首称臣难得多。他们为此而绞尽脑汁，几乎把能够想出来的各种软的、硬的手段使尽了，无论是参与劝降者之多、威逼和施暴的手段之狠，还是许诺的条件之慷慨优越，都远远超过了其他被俘或投降的宋臣，如此无所不用其极，达到了一种令人感到恐怖的地步。从囚禁的时间来看，还没有哪个王朝有这样长久的耐性，居然把一个誓死不降的人关押了三四年之久。时间也是一种逼人就范的力量，很多一开始誓死不屈的宋臣，后来纷纷被时间打败。这其实也是最狠的绝招，很多人可以在某个瞬间壮烈献身，却难以忍受长时间的、缓慢的如同凌迟的身心折磨，而一个人在长时间的孤独中感受着自己时，又会蹿出多少各种各样的念头？而人生也好，命运也好，往往就在一念之间决定了。

三

此时，我依然在一个狭长的过厅里踟蹰，窗外依然是北京灰霾密布的天空，我的脑子里也有各种念头频频闪现。在历史的背后，还有多少我们看不见的存在？当暗淡的阳光在土灰色的墙壁上照出我恍惚的身影，我的眼光下意识地瞟向了那个看不见的深渊，不止一次蹿出一个疑问：文天祥是否动摇过，又是否对自己的信念产生过怀疑？

我相信有过。这让我充满了对道德的焦虑感。我一直在寻觅，又一直在排除这种发现的可能，而一个载于《宋史·文天祥传》的证据又是难以排除的，其中记载了文天祥的一段自问："国亡，吾分一死矣。傥缘宽假，得以黄冠归故乡，他日以方外备顾问，可也。"所谓"得以黄冠归故乡"，也就是回故乡当道人。当时，一些降元宋臣也曾奏请忽必烈，在生死两端之间给文天祥第三种选择，恩准他回庐陵当道士。又有史载，在文天祥被囚期间，曾有一个叫灵阳子的道人来狱中跟他论道，这也勾起了他对30多岁时那段隐逸生活的忆念。"谁知真患难，忽悟大光明，日出云俱静，风消水自平。功名几灭性，忠孝大劳生。天下惟豪杰，神仙立地成。"这是文天祥写给灵阳子的一首诗，让我们看到了时空中还真有两个文天祥的存在，一个是以一曲《正气歌》抒发其舍生取义、正气凛然的文天祥，一个是在佛道中徘徊的文天祥。设想一下，如果忽必烈能放文天祥归山做道士，让他重返隐逸林泉的生活，从此一生不问政治，他是能够接受的，也是情有可原的。这是一种寻求解脱的囚徒心态，也是中国士人

“邦有道则仕，邦无道则隐”的传统，而佛道就是最好的隐逸之境。然而，在文天祥对道士表示“可也”的同时，紧接着还有一句“他日以方外备顾问”，这个意思很明显，也很危险，他若答应将来以“方外之人”来充当元朝顾问，对他忠贞不屈的形象无疑是一次重创，这虽不是投降，但至少有变节之嫌，一个完美的英雄形象，至少有了瑕疵。当然，这一切都是假设，忽必烈最终也没有给文天祥第三种选择，那第一个来劝降的留梦炎及时点醒了他：“天祥出，复号召江南，置吾十人于何地！”就是这句话，彻底了断了文天祥在生死两端之间的另一线可能的生机，把文天祥的命运推向了生死抉择，一端是投降归顺以求生，一端是坚贞不屈而就死。而无论有多少种选择，我深信文天祥只有一个前提，那就是无损一个士人的大义与名节。

从文天祥留下的诗文看，他在内心里挣扎过，也在选择上彷徨过，但他从未动摇自己的底线，那就是他恪守的大义与名节，他看得比生命还要重。这也正是他超越了一切的信仰或信念，“人生自古谁无死，留取丹心照汗青”，就是他给历史留下的证词。但对此，他也同样有过疑虑。当他被押到大都后，就在另一首诗中发出了对自己的疑问：“亡国大夫谁为传，只饶野史与人看。”他以自问自答的方式，表达了自己选择舍生取义却未必就能“留取丹心照汗青”，这种担心其实是他在理智上表现出来的另一种清醒。所有历史都是胜利者写的，成者英雄败者贼，而作为胜利者的元朝又会公正书写一个誓死抗元的志士吗？他们很可能会篡改和歪曲事实，是故，文天祥断定自己身后“只饶野史与人看”。而劝降者对他这种“留取丹心照汗青”的信念也一再予以打击：“国亡矣，忠孝之事尽矣。正使杀身为忠孝，谁复书之？”他们以为，这是文天祥唯一的信念，只有把这一信念打消之后，文天祥自然就豁然顿悟了。那个熟谙“良禽择木”之术的宋降臣王积翁，还苦口婆心地写信劝解文天祥。但文天祥的回信却未给他留下任何余地：“管仲不死，功名显于天下；天祥不死，遗臭于万年。”从“留取丹心照汗青”到“只饶野史与人看”，再到“天祥不死，遗臭于万年”，一步一步地让后世看出，文天祥在一步一步地设想之后，对所谓青史留名已做了最坏的打算。这既表明了他誓死不降、时刻准备殉命的意志，也表明他已清醒地意识到了历史的另一种评价，如此坚守，不一定是青史留名的结局，也有遗臭万年的可能。这也澄清了后世对他的误解与偏见，以为他最后的坚持只为身后名。好在文天祥以异常坚定的方式提前回答了：“殷之亡也，夷齐不食周粟，亦自尽其义耳，未闻以存亡易心也。”他是为信仰和信念而殉命，而绝非为了博得一个名垂青史的身后名。

当一座土牢将一位孤臣置于与世隔绝的绝境，在漫长而孤寂的囚禁生涯中，最考验一个人的还是骨肉亲情。文天祥膝下有二子六女，原本是一个洋溢着天伦之乐的大家庭，后在“毁家纾难”中家破人亡，只剩下了夫人欧阳氏和柳娘、环娘两个女儿。当文天祥率勤王之师奔赴临安时，两个女儿还只有十来岁，一别之后，从此永别。三年里，他给两个女儿写了很多诗，不只有悲切的思念，还有不尽的愧疚。如《二女第一百四十八》：“床前两小女，各在天一涯。所愧为人父，风物长年悲。”就在他思念着妻子女儿时，他竟在狱中收到女儿柳娘的来信，得知妻子和两个女儿也被元军掳至大都，如今都在宫中为奴。而柳娘的信能到他手上，自然也是元朝统治者使出的又一招数。他知道，只要他一句话，哪怕点一下头，一家人就可以重新团聚，然后过上一个士大夫之家应有的生活。但肝肠寸断的文天祥却又心如铁石，他在写给妹妹的一封信中倾诉："收柳女信，痛割肠胃。人谁无妻儿骨肉之情？但今日事到这里，于义当死，乃是命也。奈何？奈何！……可令柳女、环女做好人，爹爹管不得。泪下哽咽哽咽。"当一个人连骨肉亲情都能割舍，除了等待死神降临，他已没有了任何牵挂。他只是从容地等待着死神，却没有主动扑向死神。他没有自杀，而是一直安顺守命地在这土牢里读书、写字、吟诗，或透过一线微弱的天光辨认着南方的季节……

春去秋来，季节深处已经历了700多载轮回，当年的土牢之上，如今已是一座隔世的祠堂，当往事化为虚空，便有了一种禅意——空和静。这让我谛听到了来自另一个世界的声音，那是一个囚徒在纸和笔之间发出的声音，如同那时间深处发出的隐秘的回声。当一抹斜阳或一盏青灯勾勒出他的侧影，他又在伏案疾书。在这元朝的土牢、明朝的祠堂里，还保留着文天祥的一些遗物和手迹，他的《指南后录》第三卷、《正气歌》等，据说都是他在这土牢中写就的。不看别的，只看这些文字、这些墨迹，就能理解，为什么忽必烈那样敬重他的人品与才学。我深信这样的敬重是真实的，也是真诚的。

历史没有遗忘这样一个细节。某日，忽必烈忽然问左右大臣："南方和北方的丞相，谁最贤能？"他这样问，其实是明知故问，而群臣心中似乎也早有答案："北人无如耶律楚材，南人无如文天祥。"这个答案，似乎也是一生杀人如麻的忽必烈一直对文天祥迟迟下不了杀手的原因之一。在文天祥就义的前一天，忽必烈决定再做一次努力，他要亲自劝降。他知道，这是最后一次了。文天祥也知道，这是最后一次了。文天祥依然是彬彬有礼，对元世祖长揖而不跪。元世祖倒也没有强迫他下跪，只是说："你在这里的日子久了，如能改心易虑，用效忠宋朝的忠心对朕，朕可以在中书省给你一个位置。"这已不是转述，而是元世祖对一个俘虏的当面许诺，所谓中书省的位置，不是丞相就是枢密使。但文天祥又是淡然一笑："我是大宋宰相，国家灭亡了，我不当久生，但愿一死足矣！"元世祖摇了摇头，又挥了挥手，随即下了处决令。一个不可一世的帝王，可以战胜一个王朝，甚至可以征服大半个世界，但他最终却无法战胜一个手无寸铁的南宋士人，这让忽必烈多少有些悲哀。在经历了三四年的较量之后，那即将喷溅的鲜血，最终将见证一个帝王的失败。在忽必烈叱咤风云、纵横捭阖的一生中，还很少有这样的挫败感。

四

北京东城，府学胡同63号，那被土灰色的背景衬托着的两扇厚重的朱漆大门，关不住一棵苍老而遒劲的枣树，传说此树为文天祥手植。所有树木都会朝着天空生长，但这棵树的枝干却向南倾斜，一根根硬得像黑铁一样。我小心翼翼地看着它，谛听着，这北国的枣树仿佛听见了来自遥远南方的召唤。然而，哪怕真的还能听见700年前的马嘶、3000里外的潮汐，那也是非常渺茫而又极其可虑的消息。又想，当一个王朝的丞相，被另一个王朝的皇帝囚禁在这里，他用了多少年时间才能栽活了这样一棵树，又是否看到了一棵枣树开花、结果？我情愿相信，他曾亲口品尝过自己亲手栽种出来的枣子，这该是一个生命最后品咂到的滋味儿。然后，就在忽必烈劝降的第二天，他以一个士人的优雅姿态擦擦嘴，穿上一身宋臣的官服，迈开一个宋臣的脚步，一步一步地走出这囚禁了他多少年的院落，沿着这枣树枝干指引的方向，在元朝的天空下去完成一个大宋国士的献祭。

那是一个必将载入史册的日子，至元十九年十二月初九日，也就是公元1283年1月9日，一个王朝最后的丞相，被押到府学胡同西口的柴市，那里将成为他的祭坛。那一天，兵马司监狱内外，布满了戒备森严、如临大敌的元兵。数以万计的市民听到文天祥就义的消息，早早就伫立在胡同两侧。从监狱到刑场，文天祥走得神态自若，如同最后一次上朝。行刑前，文天祥再次辨认了一下南方的方向，随即向着空茫的南方拜了几拜。

监斩官问："丞相有什么话要说？回奏尚可免死。"

文天祥淡然一笑，说："吾事已毕，心无怍矣。"

这个人一直到死都文质彬彬，他没有像岳飞那样发出怒发冲冠的呐喊，也不像辛弃疾那样血脉偾张地仗剑疾呼。作为一介书生，他似乎一直缺少这样的英雄气概，只有永远的微笑和一身的书卷气。他以一个读书人的形象，完成了一个抗元民族英雄的另一种造型，一个引颈就戮的过程，对于他，仿佛是一次深呼吸。当一颗头颅坠地，一腔热血飞溅，瞬间让人觉得，这个人的生命能量是在最后一刻爆发的。又一次验明正身，刽子手在身首分离的血腥中翻检着一个士人的身躯，在他被鲜血浸透了的衣服中，有一片如同偈语的《衣带赞》："孔曰成仁，孟曰取义。唯其义尽，所以仁至。读圣贤书，所学何事？而今而后，庶几无愧。"这是一个大宋国士以47年人生书写的一段生命偈语。

三四年前，当文天祥被押往大都途经故乡吉州庐陵时，有个曾追随他起兵勤王的庐陵人王炎午，深受他器重，本拟留军重用，但此人以父死未葬、母又病危辞谢而归，既当了逃兵，还博得了一个至孝的好名声。当他听说文天祥被俘后将押往大都，便在他的必经之路上张贴了数十张《生祭文丞相文》，这是历史上少有的活祭，每一张祭文都在催命，催促文天祥舍生取义。文天祥何尝不想死，死是他铁了心的念头，"惟可死，不可生"。他一路上服毒，绝食，却又怎么也死不了。在一种求死而不得、欲逃又不能逃的状态下，他只能一步一步走向自己的归宿。如今，文天祥终于死了，那个像催命鬼一般的王炎午终于如愿以偿了，又从活祭变成了死祭，而一篇《生祭文丞相文》也变成了《望祭文丞相文》。他赞颂文天祥之死使"山河顿即改色，日月为之韬光"，此举又让他博得了一个"忠肝义胆，凛然如秋霜烈日"的英名。而王炎午自己却在大元帝国的天空下一直活到了73岁寿终正寝，并于明嘉靖年间受祀大忠祠，至今仍与文天祥一样作为庐陵先贤享受着后世的祭祀。若这样的人也可以作为爱国志士，文天祥也死得太不值了。

在文天祥死后40年，他终于魂归少年时代瞻仰过的吉州学宫的先贤堂里。在“庐陵五忠”之列又多了一位肃然端坐的国士，他与欧阳修、杨邦乂、胡铨、周必大、杨万里合称为“五忠一节”，一个少年见贤思齐的意念，从此化作永世的祭祀、永恒的存在。在他死去100多年后，明洪武九年（1376年），一个隔代的王朝，又为一个隔代的丞相，在当年的土牢上建起了一座文丞相祠。而后世对他的评价，一种是比较低调但也比较公正的：“事业虽无所成，大节亦已无愧。”他一生的意义，其实不是作为一位名相，而是以名相而成为烈士。对此，还有一种更崇高的评价：“名相烈士，合为一传，三千年间，人不两见。”

在一个囚徒远逝700余年后，我突然想来这里看看，来了之后我才发现，这是一个由来已久的念头。那个一半在地上一半在地下的土牢，我已无从进入，我能走进来的，是一座模棱两可的老宅院，既像是一座宅院，又像是一座祠堂。而一个被捆绑住了双手、戴着枷锁和镣铐的囚徒，已经“冠冕堂皇”地端坐于庙堂之上。看着他，像他，又不像他。

天下有太多的文丞相祠，但我觉得北京这一座最有纪念意义。毕竟，这是他的归宿。而每一个王朝的最后，都会有这样一个绝望而忠诚的守望者来为之送葬。这个人，既是一个王朝的最后守望者，其实也是一个王朝真正的尾声。一个王朝虽已灭亡，一个亡国之臣最终以血祭的方式化作一座永生的大都之魂。从大都到北京，纵使改朝换代风水流转，在一座京都的骨骼与经络之间都不能缺少这样一个灵魂，而时空中的一个坐标，也从此成为一个灵魂的坐标。在这里，北京东城，府学胡同63号，一个日渐丧失自身、越来越看不清自己的游走者或旁观者，在这里寻寻觅觅，又能寻觅到什么呢？

秋风骤然猛烈起来，我突然感到了自己的多余。

Chapter 2

让爱照进生命

有一种悔恨叫永远

杜卫东

一

一直想写一篇有关父亲的文章。五年了，却未着一字。

我睡眠不好，夜里多梦，真希望哪一天父亲能够悄然走进我的梦境。我会给他捶捶背、揉揉肩、洗洗脚。如果父亲有兴致，还可以带他逛逛王府井、大栅栏，回到三原胡同的大杂院去看一看健在的老街坊，那里有他太多的人生记忆。当然，我不会忘了在前门歇一下脚，去吃两屉都一处的烧卖。父亲最爱这一口儿了，烧卖就酒，越吃越有。我虽然戒酒多年，但是只要父亲高兴，也会和他开怀对饮。微醺半醉的时候，我会说出那句在心里尘封已久却终未在他生前说出的话：爸爸，我是爱你的！可是，近2000个漫漫长夜，晨昏交替、冬去春来，父亲却一次也未曾走入我的梦中。

或许，九泉之下的父亲在生我的气？

父亲享年92岁，算是高寿。按民间说法，叫作喜丧。按说，我没有必要心怀自责。别的不说，30多年来父亲起码喝掉了我孝敬他的上百瓶茅台吧？可是，我还是无法宽宥自己。面对无尽的夜色时常暗自垂泪——因为父亲神志清醒的最后时光，我没有到医院去探视。等我赶去时，他已经被推进了重症监护室，浑身上下插满了管子。我攥着他的手，他毫无反应。我叫他，他的眼皮动也不动一下。

事情本不该这样。那之前，妹妹刚带父亲做了全面体检，连医生都啧啧称奇，说90多岁的老爷子，各项指标这么好，看来活过100岁不成问题！家人也很高兴，开始设想怎样为百岁寿星庆生。没想到，晚上父亲看电视，起身时不小心摔了一跤。原本不是什么大不了的事儿，妹妹不放心，执意送医院检查。医生没查出什么毛病，只是觉得老人年岁大了，可以留院观察几天。妻子探视后回来告诉我，父亲红光满面、思维清晰，没事儿。妹妹为了增强老人体质特意开了一些营养剂，还差两针，打完就可以出院了。正赶上那些天杂志社事情多，我听了便掉以轻心，想等到父亲出院了再去家里看望。没想到，护工喂饭时不当心呛到老人，当晚就被送进了重症监护室。

我第一时间赶到医院，听家人讲述了经过，怒不可遏，想找那护工讨个说法。兄嫂拦住了我，说他不是有意的，再说一个护工穷了吧唧的，找了又能怎样？我听了家人的劝告，才没有去找那个护工理论。但是直到今天，我都无法解除心中的纠结。父亲本该享百年之寿，因为你的失职才驾鹤西去。我没有去找你理论，绝不意味着我原谅了你。

皇天后土在上，我指天发誓——我恨你！

二

印象中，人到中年的父亲风流倜傥。他有一条浅驼色毛料裤，一双棕色皮凉鞋，前后有包头的那种。我刚记事时他领我上街，他会给自己配上一件白衬衣，在当年衣服以灰色为主要色调的人流中还是挺博眼球的。当然，必须是夏天，如果是秋天或是冬天，父亲蓝色的棉袄就会淹没在滚滚的人流中了。

上小学后，有了“级别”意识。在我居住的那个大杂院，父亲无疑“级别”最高。这个判断并非成年后做出，而是源于我幼时经历的一个场景。大约是秋天，因为父亲的那条裤子已经收起来了，皮凉鞋也打上鞋油装进一个纸盒子放到了床底下。一天傍晚，他正在房间里听收音机，记忆中的父亲特别喜欢听京剧，凡收音机里播放裘盛戎或马连良的唱段，必会跟着有滋有味地哼唱几句。忽听院里有人喊：“杜科长，杜科长在家吗？”

杜科长？

那是20世纪60年代初，在我们这个大杂院里，有新侨饭店的厨师、电车公司的司机、首钢的工人、小饭馆的白案、公安局留用的旧警察，科长无疑是最大的官儿了，而这个官儿居然和我的父亲联系到了一起，让初谙世事的我着实得意了一把。这突如其来的大呼小叫，估计也部分满足了父亲的虚荣心。那时他四十来岁，耳聪目明，本可以在第一时间跨出房门，可是他没有马上起身。还是把门的邻居李大妈出门往里一指，说“尽头北屋”。

从此，不只是我，全院的街坊都知道了，父亲是科长——北京市某公司科长。

这种小小的得意在我心中保持到了五年级。从二年级开始，我每次考试都是双百，年年被评为三好学生。1966年五一节前夕，我在学校布置黑板报，听见背后有一阵叽叽喳喳的议论声，回头一看，是新报到的几位实习老师来将我这个学生里的小名人对号入座。那一刻，我的内心颇为享受。可是到了五年级下半学期，“文化大革命”爆发，作为少先队大队长的我，加入红卫兵的申请竟连个顿号都没有就被驳回了，理由是我的父亲有历史问题。这使我的自尊心受到重重一击，并让我的某些猜测得到了证实。

父亲很少在院子里悠闲地喝茶了，见了街坊也不再矜持地点头微笑。有几次在我睡着后，他背对着我在昏暗的台灯下写材料，而且会不时发出一两声长吁短叹。有一天，趁父亲的抽屉未锁，我偷偷翻出里面的几页纸，像贼一样慌慌张张看了一遍才大体得知，为一家生计，父亲在1946年经人介绍曾服役于傅作义麾下，后来随部队起义。干的似乎是文书、书记之类的差事。顺带说一句，父亲读过几年私塾，算是有文化的人，毛笔字写得极好，我幼时临摹的字帖就是他的手笔。我所以和文字打了一辈子交道，和早年写字尚好不无关联。看了父亲的“交代材料”，我才把爷爷在世时的一个情节对上了号：我的父亲、他的儿子——用毛笔写给上峰的报告，长官一看，连竖大拇指，吃饭时竟把他请入了上席。“啧、啧”，爷爷咂了两下嘴，摇晃着脑袋，毫不吝啬地称赞他的儿子：“你爸爸，才子啊！”我至今也忘不了爷爷说这话时的神态——已有些浑浊的眼睛放着光，两道花白的眉毛弯成了月牙。他用手轻轻捋着下颌的一撮白须，脸上的笑容像绽放的秋菊。正值三年困难时期，父母上班，爷爷已逾七十高龄，却几乎操持起了全部家务：买菜、做饭，照料我和妹妹两个尚未成年的孙辈。他任劳任怨、平和慈祥，无论发生了什么事，永远都是一副波澜不惊的样子。当然，也少有兴奋的理由，日子过得艰难，每天要用秤称着口粮做饭，常常是一屉窝头、一锅熬白菜就是全家人的饭食，那是留在我记忆中唯一一次爷爷志得意满时的神态。我当时不满7岁，自然没有能力把爷爷的话上升到政治层面解读，不过，也懵懵懂懂感到用词有些怪异。年事渐长后才明白了，“长官”“上峰”一类词儿有着鲜明的时代胎记，在特定的历史时期是专属于某个政治集团的。也是在那一次，谈兴正浓的爷爷告诉我，老杜家也曾是书香门第，他的父亲是秀才，他的爷爷则中过举人。我父亲从小天资聪慧，爷爷本寄希望于他光耀门楣，不想恰逢战乱，终是整日为稻粱谋了。

感谢上苍。我暗自担心的两件事后来都没有发生：爸爸被剃了阴阳头挨批斗，红卫兵抄了我们的家。父亲还是每天早上上班、晚上回家，时不时会休几天病假，一直到“文化大革命”结束。我虽然没有能在最疯狂的年代加入红卫兵，但后来担任学生干部、参军、入党、提干，也没有受到父亲所谓“历史问题”的影响。

一切都是命运的安排。

三

写这篇文章时，我当然希望父亲能有一些可歌可泣的人生经历供我“炫耀”。可是，从记忆深处浮现出来的细节，每每令我失望。

比如，我的父亲有些自私。父亲那一代，杜家只有他和老姑兄妹两人。用老姑的话说，她是被爷爷骗到宣化的。在爷爷嘴里，宣化府是个富足的宝地。老姑嫁过去之后才知道，那里的风沙一点也不比北京小，繁华和富足却远远不如北京。我的老姑父是一个非常宽厚的人，他来北京时常常两腿夹着我，揪着我的脑袋说，长脖鹿、长脖鹿！可能是因为营养不良，我那时的脖子比较长的缘故吧？我估计爷爷促成这一桩婚姻，多半是认为这个男人可以终身依靠，事实证明爷爷的判断十分靠谱。问题是，宣化离北京近，老姑每年都要回娘家住一段时间，爷爷不在后，父亲的住所自然就具备了娘家的功能。每次老姑来，可以感觉到父亲从心底溢出的兴奋，老姑离去时又多少会表现出一些伤感。兄妹情深，由此可见一斑。以至老姑早父亲两年离世时，我们一直瞒着他，怕已九十高龄的父亲经受不起这一沉重的打击。而对于舅舅，我母亲的弟弟，他似乎就显得疏淡了许多，这不公平。母亲是重庆人，娘家只剩了舅舅一家，来一趟北京殊为不易，我们都希望舅舅舅妈来北京多住一些日子。可是印象中他们六七年来北京一次，最长也住不过两个月。舅妈离世后，舅舅一个人形只影单，我们就一再请他来北京，并寄去了旅资。年近八十的舅舅来了，我们很高兴，希望他安心常住，内向寡言的舅舅也答应了。可是半个月后，当我买了大包小包的东西去看望他时，父亲说舅舅已于两天前离去。我不相信父亲的解释，也不想听父亲的解释。待了不到10分钟，我就愤然离去，还险些把带去的大包小包东西拿走。虽终未那样做，但临出门还是留下了一句令老人伤心的话："这些东西本来不是买给你的。"

这件事勾起了我对父亲积淀许久的一段旧怨。我小时候，一个烈日炎炎的午后，天蓝、云淡、无风，树梢纹丝不动，只有蝉儿在院子里的老槐树上高一声低一声嘶鸣。大杂院很静，街坊们都在午休。突然，一向温文尔雅的父亲竟在院子里厉声叫骂起来，是"居然欺负到我头上了"一类颇为激愤的话。这之后，患有半身不遂的电车公司退休司机王大爷，拄着拐棍一瘸一拐地来到我家向父亲道歉，低声下气地解释，说他实在没有注意小屋里睡的是谁，请求父亲原谅。父亲虽然不再骂了，但脸色依然铁青。那小屋一米多宽、三米多长，本是王大爷家的一间储藏室，借来我住的。那天腿脚不便的王大爷不知搭错了哪根神经，拿出夜壶到小屋里撒了一泡尿，而躺在里边床上的是我姐姐而不是我。我确信王大爷不是有意的，可是父亲听了姐姐的诉说怒不可遏。我觉得他有点小题大做了，印象中王大爷对我是很不错的，他的儿子毕业于北京航空学院，分配到沈阳的一家军工厂做工程师，家境相对宽裕一些。爷爷在世时常到他家里聊天。三年困难时期，正在长身体的我天天饿得眼冒金星。饥饿难挨的时候就会推开王大爷的家门，冲正在和他聊天的爷爷喊饿，王大爷或王大妈便会把在炉台上烤的半个窝头递给我。那窝头烤得金黄焦脆，是我幼时记忆中最好的美食了。偶尔老两口炖了一点儿肉或鱼，也一定会用小碗盛上几块悄悄端给我。那可是物资极度紧缺的年代啊！想起这一份情谊，今天仍然口舌生香，感慨万端。后来我们搬了家，一天王大妈托人捎来话，让我的妻子去给她洗洗头。王大爷已经去世了，王大妈一人生活，孤苦伶仃，据说已经三个月没洗头了。我听了不由得心酸，已有八个月身孕的妻子知道小时候老两口对我的关照，忙不迭地去帮老人洗了头，蹲起蹲下，因此导致了早产。

父亲的自私和偏执还有一些细节可证。

印象中，父亲一向身体不好，常休病假。病假休够半年，要拿劳保。父亲一个月80多块钱的工资，加上母亲挣的三四十块钱，要养活一家八口人，必须一分钱掰成两半花，所以他病休的时间永远不会超过六个月。我那时虽小，但内心对此颇有微词，觉得父亲有点揩国家的油。后来父亲以92岁高龄去世，也证明了他对身体的极端在意。70岁以后，父亲每天喝八钱白酒，80岁以后改喝红酒。每次我去看他，少则500元多则上千元，总会给他留些钱，而这些钱基本上被父亲买了营养品。父亲睡眠也不好，但安眠药是绝少吃的，看了电视广告，“年轻态”的脑白金便成了他床头的必备之物。而且每次给我打电话，多半是告诉我他近来胃口不好，连最爱吃的饺子一顿也只吃了七八个。一个八九十岁的老人吃七八个饺子还少吗？我嘴上安慰他，心里便有些不屑。后来父亲因摔了一跤住院，我之所以在他清醒的时候没有及时去看望，除了妻子传递的信息和工作忙以外，也是综合父亲一贯的表现，觉得老人不会有什么事儿。

没想到一念之差，天悬地隔。

四

我努力回忆最后一次到家里看望父亲的情景，或许是因为太平常，记忆已经模糊了。而在重症监护室看到的场景，却如刀削斧凿一般刻在了我记忆的深处——在规定的时间里每次只能进去一人，穿上医院准备好的衣帽、鞋套后，我推开了重症监护室的门，靠窗的一张病床上，躺着插着管子、罩着呼吸机的父亲。隔着玻璃罩，我可以看见满脸皱纹的父亲张着嘴，双眼紧闭。脸上除了木然和痛苦外，没有一点生机。

这就是我的父亲吗？这就是世界上那个最疼我的男人，那个将我的每一点进步都引以为傲的男人吗？我站在床头，拉起他骨瘦如柴的右手，叫了一声“爸”，泪水一下子涌了出来。我仿佛走进了一条时空隧道，那么多的往事如同一把折扇，合上时风收云敛，一旦打开，便如扇面上的山水小品一样扑面而来。

我想起了我小时候父亲参加家长会回来时的情景，风华正茂的父亲每每如同一位凯旋的将军，脸上抑制不住的是满足、欣慰和一缕掩饰不住的得意。他或许是怕我骄傲，会抿着嘴控制着随时可能绽放的笑容。而我也不急于发问，我确信班主任会把我作为表扬的重点。终是父亲沉不住气，会故作严肃地对我说：“今天祁老师又表扬你了，前后一共提了你五次，五次啊！”父亲重复了一遍这个令他骄傲的数字，又敲打我：“不过你不要骄傲，也不要拿糖。要明白，这个世界上能人多得很，你拿糖人家就可以不用你。”那是我第一次听到“拿糖”这个词，并明白了它的意思就是自视过高。这个叮嘱或许是父亲人生经验的总结，尽管精辟，但对于一个10多岁的小学生来说还是有些形而上。后来，这句话影响了我的一生，让我始终能够摆正自己在生活中的位置，即便光环笼罩的时候，也不会过分地自以为了不起。

当兵时，我的指导员是1962年入伍的河南兵，姓仝，叫仝仁道。他的为人像他的名字一样，润泽而高尚。他不苟言笑，却吃苦在前，关心连队的每一名士兵。那时，他也就30岁出头，但是在我的心目中却是一位极有威严的首长。知道我家在北京，他探亲时路过，顺便到我家做了一次家访。回到部队后，指导员很是感慨，他说父亲真是个热心人，那么大岁数了硬是陪着他逛了故宫、天安门和颐和园，他很过意不去，让我一再向父亲转达他的谢意，并在我离开连队上调分部创作组时，送给了我一套军装，因为在北京游览时，父亲坚持不让他付账。我知道父亲本是很宅的人，性格孤傲，不善于交际。他这样做一半是出于对仝指导员的好感，因为后来他不止一次向我感叹，你们仝指导员真是个好人，好人哪！另一半是期待儿子的进步。我能想象父亲当年在北京街头行走时的背影，疲惫而坚韧。在匆匆的人流中，在晚霞的映照里，与其说是夕阳把他的背影拉长，毋宁说是爱，对儿子深入骨髓的父爱。

还有一件事令我永远不能忘怀。1976年从部队退伍，一个偶然的机会我被抽调到刚刚恢复业务的中国青年出版社帮助工作，经过一段时间的试用拟正式调入。对于我，这是一次千载难逢的机会。退伍后我在北京第一机床厂当了铸造工人，那是个我完全不适应的环境。在所有的同龄人当中，我是唯一的党员，又是技术最差的一名青工，而我在中国青年出版社帮助工作期间，撰写的两篇人物通讯均受到了出版社领导的高度赞扬。如果调动成功，我的特长就能发挥，我的人生命运就会改写。可是接到出版社的商调函，车间主任坚决不同意。那是一个偏执、固执而又说一不二的人，他反对的理由很狭隘：想进高楼坐办公室，门儿也没有，就让他蹲沙坑，修模子。我很愤慨，也很无奈，我知道没人能帮得了我。父亲是饿死不求人的性格，又刚刚退了休，他有人可求吗？肯舍下脸去求人吗？听我说明情况后，父亲一句话也没有说，只是皱着眉头，一根接一根地抽烟，烟头在烟灰缸里堆成了小山。第二天我下班后父亲不在家，晚饭后父亲回来了，一言不发，如此往复。第四天晚上十点多钟，父亲一进门便瘫坐在椅子上，筋疲力尽，仿佛一个历经坎坷的旅人终于走到了目的地。半晌，他看了我一眼，轻描淡写地说了一句："你调动的事应该有希望了。"果然，过了不到半个月，我便接到了中国青年出版社的正式调令。原来父亲辗转打听到，北京市劳动局局长的秘书曾经是他的同事，头两天他去了没好意思敲门。第三天去了，人却不在家。第四天他一直守候在单元门口，张网已待，终于在晚上九点多钟等到了久未联络的同事。母亲后来告诉我："当你爸终于艰难地说出了找他的理由后，如同等待判决的囚犯。"而那个同事侠肝义胆，说："老杜，可怜天下父母心，这件事我会努力给你去办。"父亲听了双手握住那个同事的手，几乎掉泪。

此刻，我就握着父亲的手，我想象这只手当初紧握那只手时的情景。这一握，峰回路转、柳暗花明，一个人的人生命运彻底改写。而现在，我无论如何也不能把眼前这个上着呼吸机、插着管子的垂危老者，与当年那个在寒风中徘徊了三个晚上的人联系到一起。那时的他正值壮年，生命如同灌浆的麦穗，饱满而充实。时间真是一个无形的杀手，于不知不觉中将人的生命之树蛀空。我叫着父亲，他毫无反应。我的眼睛模糊了，泪水噗噗落下，在泪花中，这两个影像终于重合。

生命的过程就是这样：漫长而短促，模糊又分明。

五

我的左手手腕有一道伤疤。昏迷中的父亲在残存的意识中，不会有一点关于它的记忆。即便在他神志清醒的几十年间，恐怕也没有弄清楚这道伤口产生的真相。他一直以为，那是我一次无意中的自伤。

父亲，现在我可以告诉你，它其实源于我对你的怨恨。

我记事的时候正赶上三年困难时期，那个年月，每个人都有定量的口粮。爷爷习惯做捞饭，蒸熟的饭每人一份儿，所剩的米汤无疑就成了我觊觎的美食。饥饿难挨的时候，我曾经在一碗开水里倒点劣质的酱油充饥，米汤远比酱油水更富有诱惑力。可是只要父亲在家，米饭捞出上屉蒸了，他必推开门高喊一声：“小胖儿！”小胖儿并不胖，细脖儿顶一个大脑壳，瘦得已接近《三毛流浪记》中的三毛。他们兄妹六个，母亲没有工作，靠当工人的父亲每月不到60元的工资过活，生活的窘迫可想而知。每次，小胖儿一定应声而至，在我羡慕嫉妒恨的目光中，端起半锅米汤颠颠而去，似乎这一声呼唤已经成了他生活中的期盼与享受。

对此我当然不快。印象中，爷爷也曾表示过疑义，解决的方案是，能不能给自家的孩子留下一半儿？父亲的回答令我失望：“嗨，不就是半锅米汤吗？”接下来发生的事则几乎击穿了我容忍的底线：小胖儿常常到我家串门，一般是选择在饭点儿。以我当时的智力都能准确无误地判断出，他是“项庄舞剑意在沛公”，何况身为科长的父亲呢？可是，每一次他对小胖儿的到来都没有表现出反感，而是掰下半个窝头，或是盛上小半碗米饭递过去，说：“吃吧，胖儿。”我还吃不饱呢，为什么要给他？当然，这是我在心中发出的抗议，嘴上却不敢说出来，能做到的只能是把脸一耷拉，而父亲似乎完全忽略了我的神情。

小胖儿和我同龄，是我幼时最好的玩伴儿，我们曾经仿照桃园三结义拜过把子。所以我虽然不情愿，但只能选择面对。如果因为半个窝头翻了脸，还有什么义气可言？我那时并不懂得什么叫作患难与共，结为异姓兄弟的做法也是依据贴在墙上的年画。

不光是小胖儿，父亲对院子里其他的小孩儿也同样表现得比较慷慨。终于，我对父亲的不满在一个夏天像火山一样爆发了。那天下班时，他自行车后架上居然用塑料绳绑了一个黑蹦筋儿西瓜，足有20斤重，这太令人兴奋了。我和我的姐姐、妹妹，包括小胖儿以及二丫、秃子、小眼儿、顺子，凡是院子里看见西瓜的半大孩子，眼睛里都冒出了贪婪的光。那个年月，普通人家吃一次西瓜真的比较奢侈。

我在暗自计划这个西瓜能够分给我多大一块，结论是一顿肯定吃不了。我觉得合理的方案是吃半个留半个。那个时候虽然没有冰箱，但接一盆凉水把西瓜放到里面拔起来，估计到第二天上午不会有什么问题。我在房间里洗完澡，正准备精神抖擞地去享用西瓜时，忽然听见门外的父亲在喊：“小胖儿、秃子、二妞儿，来来来，吃西瓜！”我隔着门缝一看，小饭桌上已经摆满了切开的西瓜，小胖儿他们先于我正甩开腮帮子啃。我真的愤怒了，不可遏止，我觉得父亲太过分了，简直不可理喻：哪有自家孩子还一口没吃，邻家小孩便蜂拥而上的道理？于是我伸出手掌猛然推门，想以此发泄心中的不满，但是我忘了，门锁着，房间里黑着灯。我一掌推在玻璃上，玻璃碎了，我的手腕上顿时鲜血直流。父亲见状大惊，骂了一句：“你这孩子作死啊！”忙抱起我赶到离家很近的同仁医院急诊室，清洗完伤口，缝了七八针。

很疼，但是我始终没有掉一滴眼泪。

六

我的母亲是重庆人，或许是从小吃辣椒的缘故吧，脾气比较暴躁。她现在也90岁高龄，患有轻度老年痴呆，一会儿清醒一会儿糊涂。即便糊涂的时候，一见到我也会两眼放光，笑着叫着我的小名调侃：咱俩是龙虎斗。我属小龙，性格叛逆的我在成长期遭遇属虎的母亲，打是没少挨的。相反，籍贯为河北的父亲却有一些儒士风度，很少动粗。

印象中，父亲下手最狠的一次是我10岁那年。

起因非常简单，我去游泳，回来时饥肠辘辘，便用准备坐公交车的五分钱买了两碗小豆粥。车依然坐了——下车时我藏在大人身后躲过了售票员的眼睛。到家后我很得意地把逃票的经历讲给父亲听，我以为父亲会为我的机智褒奖我，我亲眼看见过同院的刘大妈因为儿子从菜摊抱回两棵大白菜而眉飞色舞。但是我实在没有想到，父亲定定地望着我，目光中不但没有我期待的嘉许，反而嗖嗖冒出一股寒气，落地成冰。他突然将右臂抡成90度，以迅雷不及掩耳之势，“啪”地在我脸颊上落下了重重一掌，发出的响声绝对不亚于春节时小伙伴燃放的钢鞭。钢鞭是一种炮仗，清脆、持久，带着一股动人心魄的爆发力。

我眼前金星乱溅，一下子被打蒙了。

父亲居然出手如此之狠。这以前我和同院的小伙伴们曾瞒着大人到护城河游泳，因为走散了记不清归途，回家时已很晚了。父亲以为我有不测，见到我气急败坏，高声喝骂着扬起手臂。街坊们一看父亲真是动了怒，忙上前劝阻，却只见那高扬的手臂缓缓落下，只是在我的脸颊上轻轻拍了一下。邻居们都笑了，说：“杜叔，您这是打小崽儿呢，还是替他挠痒痒呢？”

可是这一次不同，过了好一会儿我的耳朵仍嗡嗡作响，脸颊火辣辣地疼。

我很委屈，那一晚我没有吃饭。睡觉的时候，父亲用手抚摸着我的脸颊，问：“还疼吗？”我没有说话，只是默默地流泪。在那一刻，我甚至在内心发誓，一旦有能力自立，便离家出走，即便父亲病了，也不再回来看他一眼。我要让他为自己的这一记耳光付出10倍乃至100倍的代价。

父亲似乎看透了我的心事，沉默良久，他靠在床边，点燃了一支香烟。

就是在那个月色如水的夜晚，我第一次听到了那个流传久远的故事：在很久很久以前，有一对母子相依为命，母亲很疼爱自己的儿子，以至于对他百般呵护纵容。有一次，儿子偷了邻居的东西拿回家，母亲不但不责备，还夸奖他聪明能干。于是儿子一发不可收拾，最后发展成了一名江洋大盗。后来他被逮捕归案，判了斩刑。临刑时，儿子提出再吃一口母亲的奶水。痛不欲生的母亲答应了，没想到儿子一口咬掉了她的奶头，并指责她说："你生养了我，却不教育我。如果当初我偷了邻居的东西你不是夸奖我，而是责备我，让我明辨是非，我怎么会有今天的下场呢！我好恨你呀！"

讲完这个故事，父亲拿一块湿毛巾擦去我脸上的泪痕，说："我当财务科科长十几年，从我手上走过的钱财成千上万，我虽清贫，但聊以自慰的是，从没有拿过公家一根草棍儿！我今天之所以打你，就是想让你牢牢记住——蚁穴虽小可溃千里长堤。那个江洋大盗最初也是从偷一些小东西开始的。当然，你没有去偷人家东西，但是上车不打票，和偷拿人家东西在本质上没什么两样，都是一个字——贪！"说着，父亲站起身，从衣架上的衬衫里取出钱包，掏出两毛钱放在桌子上，严肃地叮嘱我："你再去游泳，要多打一张票，要向售票员说明情况，能做到吗？"

我点点头，泪水再一次溢出眼眶。

10岁的我虽然还不能完全懂得这故事中蕴含的深奥道理，但是凭直觉感受到了父亲的舐犊之情。从那以后，每逢在生活中遇到金钱的诱惑，我都会想起那记耳光，想起那个月色如水的夜晚……

父亲蜷缩在病床上，我轻轻攥住他的手腕，将拇指和食指合拢起来形成一个圈，父亲的手腕在这个圈里竟然晃晃荡荡。我的心不由得一颤——哦，当年那个风流倜傥的父亲已经随时光走远，留在原点的分明是一个行将就木的老人。我简直不敢想象，他在50多年前就是用这只手给了我一记终身受用的耳光。我俯下身，把嘴贴近父亲的耳朵，声音哽咽："爸，您能再打我一记耳光吗？"父亲紧闭的眼球动了一下，我知道那只是生命体征没有消失前的偶然反应，但我却宁愿相信他听到了儿子的呼唤。儿子已年近花甲，因为这记耳光，才有可能从一名青年工人成长为一名编审和主编；也因为这记耳光，他的孙子才能够成为清华美院的一名高才生，至今视金钱如粪土，视艺术为生命。

记得父亲七十大寿时，全家人都去了。四世同堂，足有20多口人。大哥花了200多元，特意为父亲定做了一个大号的蛋糕，孙辈则忙着在蛋糕上插满了70根红蜡烛。蜡烛点燃了，在《祝你生日快乐》的乐曲声中，父亲鼓足气去吹熄蜡烛。吹完蜡烛，大姐代表全家向父亲祝酒，祝父亲长命百岁。

父亲端起酒杯，仰头喝了一口，然后，望望家人略带歉疚地喃喃道："难得你们有如此孝心。我这一生……唉，只有一把算盘，两袖清风，没有什么财产可以留给你们。想起来，实在有些惭愧啊！"人老了，便容易伤感。大哥见父亲的眼圈有些发红，忙劝阻道：“哎，您何必自责呢？儿女们都已自立，可以凭借自己的双手吃饭，一个个不都挺好吗？”我也说：“您没给我们留下多少财物，却给我们留下了猎枪，这是可以终身受用的。”父亲闻言先是一愣，继而欣慰地笑了。在烛光的映照下，我看见他脸上的每一条皱纹都舒展开来。

回家的路上，10岁的儿子问我：“爸爸，你说爷爷给你留下了猎枪，放在什么地方了？我怎么从来没有见过呢？”

于是，我向他讲述了我10岁时经历的那个故事。

七

通过关系，我们把父亲从酒仙桥医院转至了北京医院重症监护室，我们祈盼北京最好的医疗条件能够在父亲身上出现奇迹。然而，终是回天无力，情况越来越恶化，父亲要完全靠呼吸机和插管维持生命体征。医生已经几次暗示我们放弃治疗，拔掉管子、撤掉呼吸机，几分钟之内父亲的生命体征就彻底消失了，而继续抢救，结局也必定是人财两空。

在救治与否的态度上，家人发生了分歧，二哥的意思是与其看着老人受罪，不如让他早升仙境。我和妹妹则表示反对，妹妹之所以反对，更多是因感情因素，因为晚年的父母一直由她照料，她无法面对父亲已经不治的事实。而我反对的心结是，父亲本来身体无虞，可以享有世纪之寿，因此在他清醒时我才没有及时去医院探望，我不甘心他就这样撒手而去。

最后大家取得了一致意见，哪怕只有万分之一的希望，也要尽百分之百的努力。

首先遇到的问题是钱，父亲的治疗费已经突破了医保的上限——30万元。也就是说，继续治疗，每天七八千元的费用完全要自理。父亲1948年1月随傅作义将军起义，被编入人民解放军序列，按政策算是新中国成立前参加革命，应该享有离休待遇。离休和退休的最大区别就是，前者的治疗费用全部由国家兜底，后者在一年之内的上限是30万元。问题是，父亲随傅作义将军起义后，因为家庭生活困难，曾经朋友介绍去一家私营公司干了一段时间。我问过一位在组织部门任职的中学同学，他说像父亲的情况，如果找到相关证明人，证明父亲是在新中国成立之前加入人民解放军序列，这之后到私企干过几个月后又到了国企，那么完全有可能享受离休待遇。但即便找到证明人，全套程序走完，至少也要仨月甚至半年，远水根本不解近渴。我知道父亲绝少求人，退休时本来可以解决这个问题，但是他主动放弃了。他当然没有想到会有这么一天，清高的性格会将他晚年的医疗费用，像山一样压在了疼他爱他的子女头上。

在北京医院的走廊里，我问大哥："你能出多少钱？""10万元。"他犹豫了一下说。他是工人，退休后生活并不宽裕，我知道这10万元对他意味着什么。我又问姐姐和妹妹，她们表示各能出20万元，连退休金一月只有三四千元的二哥也表示可以拿出5万元。我表态，我可以拿出30万元，如果这些钱都花光了，我们卖房。没有人表示异议，虽然大家都明白，花出去的钱很可能打了水漂，但是儿女们都愿意做一次尝试，尽一次孝心——或许它很愚昧，很没有意义。明知没有意义却仍不肯放弃，是因为爱得太深！

医生又把我们叫进了办公室，让我们告诉她救治与否的决定。全部是杜姓人，外姓的姑爷、儿媳一律不得入内。我们面对的话题太严酷了，必须由他血脉相连的儿女们决定。

我近乎乞求："大夫，无论再花多少钱，能不能让我父亲的意识恢复清醒，哪怕是一天甚至一个小时？"

医生是个40多岁的中年妇女，温文尔雅，气质端庄，她翻了翻父亲的监测记录，很无奈地摇摇头。

"我们不怕花钱，无论花多少钱。"姐姐说。

医生放下监测记录，向上推了一下眼镜："你们的孝心让我很感动。现在这个社会，能把亲情看得比金钱重的已经不多了。不过现在不是钱不钱的问题，问题是，我们的医疗手段根本做不到无所不能。"

沉默，难言的沉默，除了沉默，便是我们眼里闪烁的泪花。我们的父亲注定要离开这个世界了，无论我们多么不舍，但是让我们同意摘去他的氧气面罩，拔掉维系他生命的管子，让老人的生命停止在我们手里，我们做不到。虽然我们知道，有尊严的离去已经成了一个文明社会的刻度；虽然我们知道，安乐死在许多国家已经获得了法律上的认可，可是，父亲是多么眷恋这个世界啊！他清醒的时候没有赋予我们这个权利，没有表达过这样的意愿。

"继续救治？"医生问。

“对！”我点点头，“不惜代价。”

医生透过镜片扫视了一下在场的其他人，见没有人表示异议，就站起身抚平了一下白大褂，走向门外，她是去履行职责；我们也站起身，抹去眼角的泪花，走向痛楚，我们是去尽一份儿女的孝心。

为了确保分分钟可以联系到家属，我们二人一组分成了三个班次，并在医院对面的宾馆里租了两间客房，毕竟哥嫂和姐姐都年近七十了，连日操劳，他们已有些力不从心，我的妻子和妹妹在医院守护，他们在宾馆待命。我有车，妻子让我回家去安抚一下焦灼中的母亲，只有妹夫一个人在家照料老人，她有些不放心。

没承想，汽车刚刚开上长安街，妻子就打来电话，说情况不好让我速归。

这一刻终于到来了。我知道它就像秋风中的一片枯叶，随时会落到我们头上，但是真的飘落时，我还是觉得心中无比悲凉。在重症监护室的门口，我看见了泪眼模糊的妹妹和妻子，我知道，我来晚了，我在父亲远赴天国的时候没有能守护在他身边。

推开监护室的门，父亲依然躺在那里，只不过身上的管子和头上的氧气罩都已除去了，他显得更加瘦小，像是一个未曾发育的少年。我双膝一软，“扑通”一声跪在地上，以头触地，冲着父亲“嘣嘣嘣”磕了三个响头，我说不出一句话，我的眼睛已经被泪水模糊，我的声音已变成哽咽。妻子和妹妹将我扶起，我一步步走到父亲床头，从蹒跚学步到刚才迈出的几步，我伴随父亲走过了他的大半生。父亲像一位力竭而逝的行者，躺在那里是那么无助、疲惫和悲凉。我把脸颊贴近他的额头，额头还有生命的余温；我把他的手贴在我的脸上，那手却已经没有了生命的热度。父亲走了，此刻，他的灵魂脱离了肉体的躯壳，或许正在房间的某一个角落注视着我们。他太眷恋这个世界了，他实在不舍深爱他的亲人，但是他终将化作一缕青烟，消失在茫茫的天宇之间。在为他穿衣服的时候，我看见他的双脚因为护栏的阻隔已经变形，怎么掰都掰不过来了。我不知道，老人对儿女的做法是欣慰，还是无奈？是感动，还是生气？

结束这篇文字的时候，我从柜子里请出了父亲的遗像，他温情地注视着我，目光中像是蕴含着万语千言。爸爸，明天就是您五周年的忌日了，我会在您的墓碑前点燃这篇迟到的文字，天堂里的您如果读到了，就在明天晚上披清风明月走入儿子的梦中，与儿子把酒相谈，一诉别离之苦吧！有一种悔恨叫永远。五年了，近2000个漫漫长夜，一想到在您清醒的最后时光，我没有能和您说上一句话，捧上哪怕一盏清茶，儿子就泪流满面，痛悔不已。

好吗？亲爱的爸爸。明夜，我在梦中等你。

苗秀侠

去颍西湖

冬日的颍西湖，水波安宁，麦田碧青。通往陵园的柏油路面上，排满了大小车辆，给平日阒静的陵园，带来一些热闹。陵园门口一排商店，摆放着大同小异的祭品，男男女女走进去，买黄表纸、金元宝、大盘鞭炮，脸上表情肃穆。有打闹嬉戏的孩子，跟在大人身后跳跃。

随着祭奠的人群，进到陵园，走上那条红砖甬道。甬道两边的小柏，在岁月高举着的尖锐年轮里，旺旺地成长着，尽管它们是离生死最近的植物，却有着昂扬的姿势。只有红砖甬道，消瘦如昨，仿佛承载太多泪水的浸染，不愿意长大。那些祭奠时飘飞的炮灰纸屑，把甬道的砖缝填塞得满满实实。

西8区5排3号，女儿的“住址”。西8区在陵园的最西侧，一条小沟之外，便是无际的田野。女儿萱萱刚在这里“安家”时，西8区尚显荒芜，绝大部分墓穴都空在那里。如今的西8区，已是满满当当。

扫干净萱萱墓碑前的落叶、灰尘和纸屑，打开那捆纸，划亮火柴。柔软的黄表纸，金色的元宝，在火光里打着滚儿。已经成年的萱萱，站在火光背后，微微笑着。熔化成蝶的纸屑，漫天飞舞。

一切皆缘于一段爱情。这段爱情，在18岁的春季，滴落在贫瘠的皖北平原上。那个在江南齐山脚下读书的少年，用三年时间，一天两封信、两天一封信，生生把1000多个日子织成爱情的十字绣。这个给我爱的男人，让我对人生没有第二种选择。我离开故乡，随他到江边而居。

居处不远，有条叫“幸福”的河。汛期的幸福河，宽宽亮亮的水面，走着机帆船和手摇小民船。早春枯水期，河床高的地方，便露出鲜黄的河底，骀荡的春风，把河底吹起一层翘翘的泥瓦瓦。河两岸的居民，再不用花费三五毛的船费，迈开大脚板，嘎吱有声地蹚着河底的泥瓦瓦，走亲戚串朋友。我们也喜欢去早春的河底，踩着泥瓦瓦走，两人的脚步，一轻一重。重的脚步是我的，女儿萱萱已经七个多月，安静地住在我的身体里。

五月五日，阳光明媚，大地芬芳，女儿萱萱呱呱坠地。她来到尘世，带来欢乐和喜庆。因为这一天是立夏，升格为父亲的他，为女儿取名夏萱。

居所是一所中学，建在一个叫“罗山头”的山坡上，离镇三公里，四周被稻田圩堰和野湖所围。这所傲世而独立的学校，四季美景流转，足以喂饱贫瘠的身心。从此以后的日月里，散步的堤坝上，是三人的影像。

有个小人儿，或被我的膝所托，或在他的臂弯里依偎，她咯咯笑着，清澈的眼眸，装着远山远水远逝的船帆，装着满坡满坝的青草和飞碟。三人的日子，被江边野荷的香气熏染得芬芳四溢，被围堰稻谷焦熟的气浪裹挟得醉意蒙眬，被放鸭人粗朴的山歌拉拽得忘了今夕何夕。萱萱会坐了，萱萱会站了，萱萱长牙齿了。萱萱跟我们嬉闹时，嘴巴里无意识发出的笑声呼声里，突然多了一个“爸”字。

“爸爸爸，爸爸爸”，她手舞足蹈的嬉戏里，她摇晃小铃铛、抓着小风车的显摆里，她的不满和抗议里，“爸爸爸”是她用来表达的唯一方式。做爸爸的好生得意，八个月的女儿，先喊他“爸爸”了。

元月三日的夜晚，罗山头被北风狂拍了半夜，薄弱的土墙壁后面，几排站立着的老沙松水牛般的低吼声，几乎穿壁而来。蓦地，一阵犀利的呼哨声，猛然把我拽醒。慌忙拉亮灯，第一眼要看的是萱萱。她小手从被窝里挣出，握成小拳，双目圆睁，鼻翼夸张地抽搐着，一声紧连一声窒息般的呼哨，正从她嘴巴里汹涌而出。怎么了？怎么了？两人大声互问，他猛然揽过小摇床里的被子，连同萱萱一起，裹进怀里，朝门外冲去。我紧随其后。劈头盖脸的冬风，利如刀剑，裹挟着罗山头四周的黑暗，横贯而来。几乎没商量地一起奔赴一座村庄。穿行在岗地、松林和坟山之间，忘却脚下的磕绊，对坟山松岗没一丝惧怕。四五里的路程，我们走得像飞人。惊慌地拍击着小诊所的木门，村医半披着大衣，于睡眼惺忪中，给不断抽搐的萱萱打了一针镇静剂。

萱萱即刻安静了下来。我们的胸腔里，长长呼出一口气。看着女儿熟睡的样子，以为是上苍跟我们开了个玩笑，让我们体味夜半狂奔的艰辛，尝透初为人父母的责任。

村医谨慎地给萱萱量体温，陪我们说话，分析病情。天光渐亮，看着沉睡不醒、小脸烧得通红的萱萱，村医催促：赶紧送往县医院，在他这里，已经束手无策。

我们的心，再次陷入冰窖之中。

孩子爷爷连忙喊来村子里的至亲，绑了一张竹凉床，把萱萱裹在棉被里，放竹凉床上抬着，朝县医院飞奔而去。

苍茫的丘陵原野，枯瘦的棉花秆，遒劲的芭茅草，遍地无助的油菜苗，一座连一座的松岗，再无诗意可言。我望着天的尽头，那里长着一座小山，小山给天空画了一个粗硬的轮廓。没有一滴泪，任凭凉风吹透全身。那时，我觉得自己是走在梦境里。

只愿梦醒时分，这一切都是假的。

抽血、做检查、打吊针，萱萱顺利住进了县医院。诊断结果也出来了：病毒性脑膜炎。

入院的第二天早上，萱萱从昏睡中醒转了过来。两人悬着的心，扑通放下；堵着的泪，瞬间泉涌而出。萱萱睁大那双明亮的眼睛，轮流看着围着她的父母，不知道发生过什么。仿佛走了几天几夜的路程，仿佛从战场上归来，她疲倦地递过来一个歉意的笑。

那个倦倦的笑，从此装进我生命存在的每一时、每一刻、每一天、每一年，直至今朝。那是萱萱作为一个健康孩子留给我的最后礼物。

萱萱再次昏迷、抽搐。医生开始抢救，吊甘露醇，吊消炎药水，抽检脑脊液。四人间的病房，住着三个人。一个老人，患胸膜炎，每天从胸口抽出几大针筒积液，他捂着胸，沉默地坐着，脸色灰青，一言不发。一个中年妇女，来治关节炎，侍候她的男人，摔东骂西，女人时有哭泣，男人便骂得更凶。萱萱的床位靠最里，南窗下，天光足，然而，天光、灯光照在病房里，却全无生机。低头看着萱萱一刻不停抽搐的嘴角、鼻翼，再望一眼窗外苍黄的天，内心的疼痛，刀片般飞舞。

病房空出的床位，在门边，很快被一位新病人住上。是个眉清目秀的年轻男子，却比一般人瘦削、苍白。一群人浩浩荡荡陪同而来，最后一名女子留下相陪。男子病情我们也很快知道个大概，白血病，晚期。辗转上海、合肥救治，如今再回县医院。女子是他的新婚妻子，温柔、美丽，坐病床边，给男子喂稀粥和果汁。夜晚，女子倚靠床头，把男子的手握在掌中抚摩，温言软语，絮絮不休。夜晚的病房，被两人窃窃私语的恩爱充盈，竟少了些许悲痛。那个嘴巴不停骂人的中年男人，息了声，连走路也轻了许多。

不过三四日，患白血病的男子陷入昏迷，滴水难进，鼻子出血不止。女子握着一团团纸巾，帮他擦鼻血，轻声啜泣。男子成了纸片人，卧在女子怀里，薄脆得随时都会碎掉。女子紧搂着他，附他耳边喃喃絮语，然而，一个人的热力，哪怕是痴情的爱，已不能让另一个人起死回生。轰然炸开的哭声，在夜半的病房里响起，送男子入院的那群人，风一般地再次涌来，又风一般而去。

第一次近距离经历生死，人呆了半晌。再低眉看昏睡不醒的萱萱，一种巨大的哀痛袭来。女儿，你真要长睡不醒吗？

医生劝我们转到市立医院，那里有专业的儿科，治疗更专业。

住进市立医院时，已进入腊月天。第一场雪飘扬而下，天地间白茫茫一片。市里的医院比县里好太多，有专门的儿科诊室和病房。我一直陪萱萱住抢救室。那个高高的抢救台，一头睡着萱萱，一头蜷缩着我，半个多月，和衣而眠，就那样挺过来了。

八个多月的萱萱，多日不进食，已经瘦成了小猫般。她鼻子里插着输氧管和鼻饲管，医生送一支粗针管给我，一日三次，我把温热的牛奶通过鼻饲管，喂养萱萱。但愿这些营养能给她增加能量，让她一个翻身，突然醒转过来，递给我一个倦倦的笑。但每夜医生巡诊时，总叮嘱我：今晚危险，注意！

又飘来一场雪。四楼的抢救室，玻璃窗很大，雪花在窗外旋转着，铺天盖地，茫茫无边。我突然想到，萱萱还没见识过雪花呢，等她好了，一定告诉她雪花飘舞的样子，雪花融化的样子……

渐近年关了。医生找我们谈话："出院吧，别让孩子再受罪了，也要过年了。"尽管见惯了生死，医生的脸色和声音依旧温和，充满怜悯。

把萱萱包在小被子里，坐上回家的民船。小民船一路西行时，天空落起了雨夹雪。江面苍黄一片，江心洲残存的芦苇花，在风雨里摇荡，一江的水，都发出呜咽之声。

萱萱人生的第一个春节，在千家万户的喜乐里到来了。年炮在窗外炸响，而萱萱，她依旧沉睡不醒。微弱的呼吸，毫无知觉的身体，使她像一只做蚕茧的蛹。跪在床边，手抚着她软软的发丝，万般无奈中，轻轻呼唤着她的名字，用小匙蘸着牛奶，一点点润到她双唇间。热乎乎的牛奶，带着生命的热力，带着初为人父母的决绝和执拗，一星点、一毫毫，穿越紧闭的齿缝，渗透到她的肚腹里，她天远地远的长睡里。

苍天眷顾我们！三个月后，萱萱终于睁开了眼睛！

四肢依旧沉睡，嘴巴无动于衷，只有那双眼睛，传递着茫然和无助。手举在她眼睛边，甚至触摸到眼皮和睫毛，眼波还是静止的。

她的眼睛没有光感，没有视力！

她的牙齿仍紧紧咬着。

要让她好起来，腿脚动起来，眼波流转起来，叫出“爸爸爸”！再一次为萱萱求医找方。

县城里有家头针医院，治好了不少有脑膜炎后遗症的孩子，我们便抱着萱萱，住了进去。医生给萱萱做了全面检查，听力、视力、肢体的敏感度……“植物人”三个字，第一次撞击脑门儿。

小病友们的治疗效果非常明显，而扎在萱萱头上的银针，仿佛柔弱的草，毫无用处。一月时光倥偬而过，无奈地回到罗山头。夏荷在四周的野塘里开放。望着天边被小山画出的轮廓，想，天恩之下，人间就没有出路吗？我不要太多，我只要萱萱能走路，会吃饭，哪怕她傻，哪怕她痴……

萱萱三岁了，萱萱四岁了，萱萱五岁了……

仿佛一千年一万年的等待，我看见流动的白云彩，在萱萱的眼睛里飘动起来；我听见四季的花朵，开放在她的嘴角；我听见了猫一样的叫声，从她唇边冲出……她终于张开了嘴巴，虽说吞咽能力有限，但她能在汤匙的触碰中，主动张开嘴巴接食；她的眼睛，可以跟着我手指的晃动而转动，虽然焦距不准，甚至会跑偏，但证明她有视力了；而她的面容，也有了笑模样……我们的女儿，终于回到了我们身边，和我们相依为命！

因为营养跟不上，萱萱瘦弱而多病，高烧成肺炎，几乎隔不久就来一次，每一次，萱萱都处于危险边缘。看医生，打吊针，四处奔波……家里的老人，熟识的医生和朋友，不止一次劝我们放下这个孩子，别让她再受人间的罪。每当有这样的话说出，我们便决绝而蠢钝地抱紧萱萱：不，我们一定要治好她！这时候的“治好”，就是要她不再发烧，要她慢慢地吞咽牛奶，要她的眼睛再一次跟着我的指头转动！我已经不指望她一丁点的回报，不指望在衰朽之年看到她的风华正茂，我只要她躺在我的臂弯里，偶然给我一个傻笑，听我的絮絮叨叨……

费尽周折，终于回到我的故乡，那座皖北小城。虽说在城市里蜗居条件窘迫，但救治萱萱的条件，已经好了许多。

冬天的时候，九岁的萱萱又一次病倒。高烧不退，打吊针多日无果。那段时间雨多，每日都叫来人力三轮车，在门口接我们去医院。把女儿裹在被子里，听着雨滴叮叮当当敲打三轮车的雨篷，看着街上行人匆忙的脚步，猛然会想到在罗山头，女儿初病时我们的狂奔和哭泣。而如果当初不是在罗山头，是在这座城市里，萱萱会成为现在的萱萱吗？

一个冬天的奔波和救治，家和医院，连成一线。这一次，萱萱的离去那么决绝。她最后留给世上的，只是弱弱的一声啼哭……

阳历年刚刚开始的日子。皖北的冬风，把大地吹得一片萧索。友人陪同着，一起去了殡仪馆。布娃娃、鲜花、一只小小的睡袋，随同萱萱一起，化作一缕青烟，升入高远的蓝天……萱萱睡在小小的木盒里，枕着颍西湖水波的轻漾，开始她另一个世界的时光。从此，那个未知的世界，不再陌生和寒冷，因为，女儿在那边。

而死别和生离，却是双胞胎，它们相依相随，并肩而行。

扫去墓碑上的尘埃，那两行淡淡的字，清晰起来：

九岁生命九死一生怀中日月

八苦世界八载沉疴纸上云烟

字下面是两个并排着的名字。

我们在，你便在；我们活，你便活。你是我们的生命。可是，女儿，你走了，那两个给你生命的人，不久，也走散了。

曾经，我是那么相信爱情永恒的神话，当爱情发生时，我蠢钝地抛却一切，相随而去；当爱女因病成痴时，我又蠢钝地四处呼救，相信奇迹发生；而当爱情发生背离时，我却没有拿出蠢钝的执拗，牢牢抓住。我放手了。因为我的身，已经创伤累累，没有一处可下刀的地方；我的心，也倦到抽不出一丝力气，去为一场无望的爱拼守。那就把爱送到这样的路口，随它去吧。萱萱，我错了吗？在我放爱一条生路时，我给自己一条生路了吗？

我只是把大把的眼泪攥成坚硬的干冰模样，抛洒在来来回回颍西湖的行走里，让路途变得清洁，让现世回归到当年的明朗。

陈新

植满时间的疼痛

夜色深深，如无尽的忧伤，笼罩着闷热的天地。

在川北南充县大通乡楼子沟一座叫晒谷坪的丘陵山堡上，一个只穿着一条内裤的男孩，在炎炎七月中像野狗一样蜷缩在几丛嚣张着锯齿的芭茅缝隙里。他一会儿泪眼蒙眬地躺着看夜幕遥挂的星星，一会儿又悲伤地打望已将他屏蔽在外的家的方向，打望那低矮的瓦房透风的墙壁透过来的一豆摇曳的煤油灯光，和与他隔着距离的亲情。

穿过沉郁压抑的黑夜，随着灯光传过来的，还有父亲对他的咒骂："只要发现他在哪儿，一定要打死他！"

这是啥父亲啊？

他有家难回的起因是他初中毕业时只顾饕餮理想的盛宴，一意孤行地将升学志愿填了高中，想读完高中后考大学，让自己未来的人生浪漫地沿着期盼节节攀高。

而父亲则认为成绩很好的他该考中专，说考上中专他不仅能吃国家粮，还能减轻家里负担。父亲用老皇历的经验粗暴地干涉他的未来，他心里还窝着火呢。父子俩言语不合，他便被脾气暴烈的父亲赶出了家门。

蚊子，如同轰炸机般在他的身边盘旋，并不时俯冲，伺机贪婪地叮咬他伤感窘困毫无呵护的身体，钻心的痛和难忍的痒在全身流淌，跟他稚嫩的内心一样悲凉、焦躁和绝望。

……

这是发生在20世纪80年代末一个夏天的真事，那个孩子就是我。

本是人生春暖花开的季节，却过着枯黄萧秋的日子。无论岁月怎样嬗变，少年时的类似痛苦都深深地刻在我的心灵里。那时的我憎恨父亲，这种恨，形影不离地伴随着我的成长。

俗话说，远怕水，近怕鬼。虽然鬼这种东西也许根本不存在，可在僻远的楼子沟，却处处都有着与鬼相关的传说。从小听老人讲得多了，恐怖便也植进了心房，天一黑，我就觉得夜色中总是鬼影幢幢，聚散不定，而不敢出门。但可恶的父亲有时为了惩戒不听话的我，便要在夜色深深之时将我逐出家门，让我去坟茔遍布的自留地里摘萝卜缨子回家喂兔子，如果不去就得挨揍。

被父亲揍的那个难受滋味，一般人是绝对想不到的，成长岁月里的我，身上总是被他以我不听话为借口，打得青一块紫一块。最狠的一次是他将一根一指宽的竹片在我屁股上打成了丝丝，我的屁股被击打得血肉模糊，伤疤和血水甚至与内裤粘在了一起，结成了痂……

为了避免皮肉之苦，我只能冒着被鬼吓破胆的危险，逆来顺受地一个人摸黑去曾产生过不少鬼故事的自留地给兔子打草，宁愿被鬼吓死，也不愿意被父亲打死。

少年的天空清洁而亮堂，棉花团一样的云朵飘在碧蓝的天幕之上，阳光明媚地普照着澄澈苍穹下的万物，景色纯美得就如同油画。但我的心空却雾霾沉沉，各种风景总是事不关己地与我保持着无法接近的距离，甚至颠三倒四，阻碍着我的行止。

虽然淹没在时间的海洋里已经许久，但有一份自豪依然鲜活在我的记忆里。初中毕业那一年，我是整个南充县大通区所辖大兴、大通、新庙、龙池、永兴、大观、一立七个公社中，唯一一个考上了四川省重点中学龙门中学高中部的学生。可是，那份在别人眼中光耀门庭初绽的荣光仅仅熠闪了几天，便被穷困现实的阴霾泯灭了——龙门中学离家很远，必须住校，而住校每个月就要花30元生活费。面对一穷二白的家境，父亲断然拒绝送我去该校读书。即便我的初中班主任杨兴和老师，不忍心眼睁睁地看着我失去“鲤鱼跃龙门”的机会，愿意从自己仅有的30元工资中每月拿出15元来资助我，另15元请父亲先贷款，待我考上大学工作后再由我慢慢还，然而父亲不接招。最后，我黯然地选择了离家很近、教学质量很差的大通中学就读。

父亲的专制和决绝，成了我少年天空明媚理想再难重光的幽暗。要知道，大通中学是南充县教育系统无人疼、无人爱、可有可无的农村二年制高中，而当时城里的高中都是三年制，自己学两年高中课程，去与读了三年高中的学生一起参加高考，再加上两所学校学习氛围及教学质量的巨大差别，考上大学的希望能有多大啊?

事实上，自打我一脚跨入大通中学的校门，我就明白自己原本高大伟岸、阳光普照的理想，已忧郁而伤感地远离。在唯玩不唯学的农村中学没有竞争对手的情况下，我只能成绩一枝独秀地与臆想出来的城市中学成绩优异者博弈，独孤求败。跟我没有任何血缘关系的老师都愿意资助我读书，亲生父亲却如此冷血，这让我不知哭了多少场。那时，我的心在春天的年纪里，盛满了秋风里丘陵般颓败杂芜的不平和冬天毫无生机的萧瑟荒凉。

岁月绵长，怨恨绵长。时间以相同的方式，一寸一寸地传递着疼痛。

我对父亲焚心般的恨，甚至也跟我母亲的早逝有关。

母亲是我一生的温暖和灵魂深处的美丽。她生于四川乐山的殷实之家，祖上有田地、工厂。抗日战争爆发后，外公还曾变卖商产，买飞机支援前方将士抗日。但这朵生长在城里、毕业于四川财经学院、跟央视前播音员罗京的父母是大学同窗的娇花，自从跟随我的军医父亲转业回乡，来到南充县大通公社农村后，便成了一个普通的村妇和五个孩子的母亲。

曾经在都市里娓娓吟唱的青春和爱情，被烟尘浸染；布衣褴褛，食不果腹的现实，如寒霜般铺满她的世界。一颗柔弱而书香四溢的心，惊异地感受到了贫瘠丘陵无奈的选择，还被迫接受从未有过的荒凉。

动荡的风凌乱地将日子吹得东倒西歪，胸中文墨与一腔夙愿，最终在力不从心的坚守中消散。最令人痛心的是，水土之异、扶老携幼让母亲落下胃病，她因此而做了部分胃切除手术。自此，她再不能干重体力活了，成了彻头彻尾的家庭妇女。

贫穷如刀，摧残着母亲的健康。渐渐地，她身体差得连在屋后小路上走一走，也得拄一根棍子才行了。更不幸的是，因为无钱治病，她的生命时针，最终停摆在了49岁那一年。

母亲短暂的一生，如鲜花凋谢，让我悲痛扼腕的同时，也强烈地恨起父亲来，是父亲的无能，才导致了家庭的贫穷和母亲的早逝。

回想风雨飘摇的成长，我的心事像荒草一样繁茂冗杂，觉得自己是在冰寒彻骨的苦水中泡大的。因粮食不够吃，一家子所吃的饭差得就像悲伤一样令人难以下咽：苞谷糊糊稀得能照见扑满泪花的人影；红苕腐烂变质发苦还煮来吃，我吃后不久胃里便翻江倒海地呕吐，又时常因呕吐后腹中空空而饿得头昏眼花——这种饭竟然比生产队的忆苦思甜饭还难吃。

有一年天旱，川北的天空骄阳高照，百姓生活幽暗无边，不仅粮食减产，连牛皮菜也被蚜虫糟蹋得成了煤球状，且上面的虫子和虫子分泌物怎么洗都洗不掉。即便这样，这种菜也没有多的，需掐指细算计划着吃才行。

这种日子的苦涩程度，可以用一个故事来衡量。那是一个清风丽阳的晚春中午，我们正准备吃用这种球状的牛皮菜和着麦麸，以及能填充肚子的美好共煮的稀饭时，一个外省的乞丐拖着沉重的步伐，穿过越来越寡淡的炊烟经过我家门口，向我母亲讨饭。虽然我家只有一人一碗这种能让生命苟延残喘的饭，但善良的母亲还是心生慈悲，从大家碗里给乞丐拼出一碗来。那个饥肠辘辘的乞丐感激地端起碗来，但美味的善良代替不了饭食粗鄙和怪异的口感，他刚喝了两口，便再难下咽，他含着泪对我母亲说："大姐，你们过的日子比我这个叫花子的日子还苦啊！我这里讨到了两块钱，你拿去给孩子们买点吃的吧。"

有人说，成长不是衣服越穿越小，裤子越来越短，而是心跟梦想一起越来越大。但我所穿的衣裤原本就是小的、短的，因为它们都是老大穿了老二穿，老二穿了老三穿，程序般流转。当衣服传递到我的位置时，哥哥们穿过的这些衣裤几乎全是补丁重重的露脐装、露腿裤了。这种已被汗水层层浸染、积满斑驳尘垢和岁月痕迹的百衲衣，在夏天穿着倒还凉快，到了冬天可就惨了，破烂且露脐露腿的衣裤，根本无法抵御萧瑟寒风的侵蚀……

大冬天没有合体且厚实的衣裤御寒已然很惨，没鞋穿那就更惨。童年的冬天我几乎都是打着赤脚走过来的，在成长岁月的雪地上留下赤脚踩出串串蹒跚脚印的同时，也留下了一路的可怜和哀伤：脚掌不仅时常被冰碴子刺破出血，还被冻得如同大面包；最痛苦的是脚后跟时常冻得开裂成筷子般粗的口子，不时流血，甚至感染流脓，烂得几乎能见到骨头……

年华如梦，我的日子却违迕时序，颓唐荒芜，过得连梦也没有。我恨父亲，我觉得要是父亲能干一些，或者像村里别的男人那样穷得无计可施之时，能在月黑风高之夜出去偷些集体地里的红苕、苞谷等粮食，我们也不至于饿得这么可怜啊！又或者，如果父亲在秋天，将山上的芭茅花、野棉花采摘回来，或者捡些鸡毛鸭毛洗净晒干当成棉花使用，做成棉衣、棉裤，那自己冬天也不会冻得这么惨啊！

我母亲的安葬仪式办得很风光——父亲请了两帮锣鼓唢呐队来操办此事，但已被悲痛刺伤骨髓的我心中的感受却并不好，我认为父亲将母亲的丧事办得如此隆重，不过是刻意做给亲友看，借以证明他对我母亲的好。或者，他是为了消减对我母亲曾经关心不够的愧疚和罪过。

看到在亲戚朋友之间穿梭应酬，脸上除了疲惫却并无多少悲伤、更无一滴眼泪的父亲，我感到无比恶心。

终于，在父亲又一次给那些办丧事的人慷慨付款之时，我与他吵了起来："你这么有钱，为啥不在我妈重病之时，将钱花在她身上？你现在这样做有用吗？能消除你心中对我妈的愧疚吗？"

我当着众亲友的面质问父亲，声如雷霆地颠覆着不明真相的人们对他的赞叹，将他竭力维护的面子摔得粉碎。父亲大光其火，他恶狠狠地冲过来要揍我。但终究有那么多亲友劝架和阻挠，他未能得逞。

悲痛欲绝的我并没有就此打住，我又借势对他发誓说，如果他今后要找后妻，我长大后就不认他！

曾经宏阔的理想被冷酷的父亲扼杀，灿烂的人生阳光变成了丑陋的残影。然而，我并不是一个不孝的人，我恨父亲留给我成长岁月里的累累伤痕，恨父亲舍不得花钱让我去读令人羡慕的省重点中学，而最终鹤立鸡群般地在一所被人诟病的普通农村中学完成两年高中学业，在拙陋而自惭形秽的毕业季与城里的三年制高中考生一起比拼高考，且最终在几乎累得不成人形的情况下，成了班上唯一考上大学的人。但大学毕业后，我从第一个月便开始连续不断地给父亲赡养费。

岁月辗转中我磕磕绊绊地长大成人，我曾经痛苦和羞辱的记忆也在岁月中一直保鲜着，但我对父亲却越来越好，这种好有时候令我自己也觉得嫉妒甚至愤怒。

当然，我对父亲的好，不过是晦暗的成长疼痛，被我刻意地用辽阔的光明进行了覆盖的结果。我明白，这准确地说是一种言不由衷的依理而为。

我觉得父亲怎么说也生养了我，就算他因无能而穷困得只能让我顿顿喝白水，但这充饥之水也不是天上掉下来的，而是父亲从井里一担担挑回家且煮开了让我喝的。俗话说滴水之恩涌泉相报，我白喝了这十多年的水，能不报恩？因而，我有理由强制自己忘却遥远的记忆。

也许，人的一生注定会有许多东西迷失在遗忘的路上。无论是主观还是客观。我无意抛弃曾经痛苦的记忆，而时光，终究成了磨灭一切恨懑的利器。看到曾经健硕伟岸的父亲，已在蹀躞摇摆的人生路上，斑驳得如冬天的枯蒿，我坚硬的心开始变得柔软。

刚参加工作的那年春节，我揉搓着无奈的情感，从1000多里外的工作单位回到老家大通乡下时，见寒风萧瑟中的父亲如摇曳的残烛苍老了许多，且依然盖着薄薄的被子时，一边给父亲加被子一边数落父亲的我，竟然发现自己眼里有了泪。

这是怎么了？我的青少年总是被迫逆着幸福阳光的方向成长，因而从来都是怨恨父亲的，为啥这时看到不会照顾自己的父亲会猛然心痛？难道时间累积的意义就是提醒我，层层叠叠童年痛苦的伤痕渐次式微且如此无奈？

思绪在壮阔的往事中穿行，曾经的伤感依然鲜活，因而，我自己也吃惊了——难道我终归应该甘之若饴地扮演自己凄苦悲剧童年中的主角？

日子推移，除了在时光中变得渐渐苍老之外，父亲先前暴烈的脾气也在消减。母亲不在了，往日贫贱夫妻拮据却又相扶相携的记忆，一定留在孤灯静夜寂寥的父亲生死两茫茫的思念之中。我发现，没有母亲的日子里，父亲过得郁郁寡欢，寒秋衰败——他不仅要种庄稼，要养猪养鸡操持家务，还要像个老妇一般戴着老花镜缝缝补补……

父亲以前是多么阳刚，多么强势，现在却变得这么琐碎，这么凋敝，独自承受着生活的折腾，有时无事可做，却还显得那么恍惚……我心里有了一种小小的恻隐。不过，我对父亲恨懑的坚冰虽开始融化，却依然还是恨着他的。因为恨，我甚至在偶尔恻隐之时，还有着几分幸灾乐祸：活该！要是你之前对我母亲好一些，何至于遭这活罪？

雪花零零碎碎地飘落，寒风吹得竹林瑟瑟发抖，我的心情亦如窗外的天气，迷蒙而沉郁，充盈着一种无边无际无助的寒。

转眼，母亲离开人世10年了。那年秋天，草木开始衰败枯黄之时，父亲的风湿病蓦地发作起来。老屋门前的路上层层叠叠老迈的脚印，被一场场雨淋得稀稀拉拉，昔日行走如飞的热烈，也随着萧瑟的秋风飘然而去。

一幅田园风景的四季在我脑海中瞬间轮回，我的情感也随之波浪翻滚。那时，我突然觉得，也许，自己不该在母亲葬礼那天，说那句反对父亲续弦的狠话！不然，像现在父亲得了病，行动不便之时，还有爱人可以贴身照顾。

于是我半开玩笑半认真地对父亲说：“爸，你该找个老伴啊！这样在你生病之时便会有人照顾。毕竟我们当儿女的在外面工作，离你远，你要有个啥事我们也不能及时照顾你。”

父亲淡然一笑，似是事不关己：“我要找老伴的话，早就找了，何至于等到今天？”

“那你为啥不找呢？”

“虽然你妈不在了，我生活得很孤单，但我从未想过要另找老伴。原因很简单，一是我觉得在这个世界上再也找不到比你妈更好的女人了；二是我在你妈去世后就找老伴的话，你和你的弟弟妹妹三个人都还是孩子，万一遭后娘欺负咋办？所以，我当年就打定主意，你妈去世后，我无论过得多么凄凉，多么困难，也不再找老伴。”

父亲这从未对外人道过的诺言，像一双强劲有力的手，猛然撕扯着我尚未愈合自艾自怜的伤口以及经年累月的误解，我一下子愣住了，干枯的内心从来没有这么润泽和丰腴过——原来心硬如铁没少揍我的父亲，内心是这么爱我们啊！

这一刻，我抬头向着迷惘的天空，怕眼泪流出来，怕内心的感情毫无遮掩地流露在自己曾经多少次虚假温暖或桀骜不驯的脸上。

我觉得自己应该重新认识父亲，认识父爱。这一刻，我内心一直以敌视的姿势挺立的形象开始动摇、皲裂。

回首往事，我发现，随着年龄的增长，自己的行为有时候是偏激的，这是孤寂的心自挖的沟壑。比如，在我心中一直被恨着的父亲，其实并非那么冷血、粗暴，多少时候，父亲也流露着温情，如果曾经的我目光辽远一些，下结论的时候或许会温柔许多。

结满苦寒霜雪的那些岁月，虽然家里穷得几乎揭不开锅，但父亲却跟家里的所有成员一样吃糠咽菜，没搞半点跨越温饱的特殊化。父亲从集市上路过或办事，无论是不是饭点，他都会在热闹的人潮中拖着孤独的背影匆匆走过，从来舍不得花钱去饭店独自享受。

我还记得，小时候家里穷得经常几个月吃不上一回肉，曾为军医、军官却自降身份，回乡务农且当上生产队队长的父亲，偶尔去乡上开会，会与同大队的其他生产队队长一起在乡上吃一顿自己做的饭，这饭是乡上补助的，还有肉。虽然肉并不多，寥若晨星，且是以炖萝卜的形式做的菜，为了让我们沾点荤腥，父亲总爱厚着脸皮把我或妹妹、弟弟中的一人带去，混一顿饭。而吃饭时，每个生产队队长所得的肉食也都是均分的，父亲总是舍不得自己吃肉，而将那些肉让给他带去的儿女吃。如果父亲在乡上开一整天会而没带我或弟弟妹妹去的话，父亲则会将均分的肉食装进提前带去的一个搪瓷盅盅里，带回家跟一家人分享。

一直以来，我都不喜欢吃鱼，原因是小时候吃的鱼太多了。

家里没猪肉吃，怎么会有鱼吃呢？

生活，其实不是简单的由此及彼。

那些鱼是冬天农闲之时，父亲用排网去田里捕的。那时的水稻田里不怎么施化肥打农药，因而鱼不少。在冰雪寒霜的冬天，父亲总是趁生产队放假之时，将裤管扎得高高的，带着温暖的希冀，下到结着薄冰刺骨的水田里，左右开弓用一根竹竿往排网里赶鱼……就这样，每当他冻得鼻子红红，流着清鼻涕喷着热气赤脚归来之时，总能带回几斤鱼的收获。

虽然有鱼，但由于买不起做鱼的油和调料，这些鱼做熟的过程也谈不上烹调：或者用一点面粉调了之后煎来吃，或是直接用水煮。要知道，当时我家里穷得连盐也买不起啊，所以这样做的鱼很难吃，顽固的腥令人想吐。

不过，鱼是腥臭了一点儿，可一家人从鱼身上得来的蛋白质补充，却如同拐杖搀扶着这个穷家挺过了那段艰难的岁月。

挣脱固有的思维，这一刻，我蓦然觉得，同样怕腥、同样不喜欢吃鱼的父亲能在那么寒冷的天气下水打鱼，腿冻得麻木彻骨不说，还经常被田里的一些石子、树枝戳得血淋淋的，他心中如果没有装着这个家、装着对家人的爱，会这么做吗？

随着年轮的增加，往事的痛感在隐退。我渐渐觉得，父亲曾经的冷血，也许是在锤炼自己孩子的意志，激发其生存能力和斗志。这就跟亚马孙平原上的雕鹰一样，为了让自己的孩子学会飞翔的本事，不惜从高高的崖上温馨的巢里将其残忍地扔下去。

“三儿，我知道你恨爸，觉得爸打你的次数不少。可是你夏天总爱偷偷去堰塘里游泳，怕你被淹死，我总是叮嘱你别去，你却不听，我不体罚你行吗？你个性强，总是在和小朋友玩的时候与人打架，我教你和睦待人，你又不听，我不惩戒你行吗？你别恨爸，等有一天你也当了父亲，就会知道，天下父亲没有不心疼孩子的！”

“爸，别说了……”我轻轻地说。

我努力克制，不想让真实的内心袒露，但不语的苍天，还是窥见我大滴大滴从脸上滑落下来的眼泪。

没错，父亲的话柔软了我，滋补了我一直缺失的爱，并使一种悔意铺陈在我的周围。父亲曾是我最恨的人，成长岁月里父子间哭笑不得的尴尬也总是如影随形，但我却又不得不承认，父亲的吃苦耐劳影响了我的性格，刚直不阿磨砺出了我的魅力……

自此，我放下了曾对父亲的恨和怨，重拾起被刻意抛弃的美好亲情和天伦。

有的爱，一旦感悟，便不再神情枯瘦。

然而，天伦的幸福并非永无止境。2012年过完春节，我刚将父亲送回老家，一件令人心碎的事便发生了：父亲因感冒而不停地呕吐，去医院检查时发现是贲门癌，且已是晚期。

真是晴天霹雳！大哥的电话让我失魂落魄，我即刻从武汉飞回四川。看到父亲病情如此严重，我的精神近乎崩溃。为了拯救父亲，我决定四处筹钱请医生给父亲做手术，切除癌魔。

然而，医生却对我和大哥说了几点：一、老爷子年近八旬且有高血压，暂不能做开胸这种大手术。二、如果调养一段时间，将血压降低后能做手术，且手术成功的话，生命可能延续半年或一年。三、如果不做手术而采取保守疗法的话，生命也可能延续半年或一年。四、不知道癌细胞是否扩散及其程度，如果扩散得很厉害，即使老爷子的血压降低，手术都不能做。五、即使具备手术条件而做手术，手术能否成功也不确定。

事情怎么这么复杂？我和大哥顿时蒙了，一种绝望如利剑直刺骨髓。由于怕父亲承受不住打击，我们掩泪装欢地对他隐瞒了癌症病情，只说他的胃部出了点小毛病。

看到父亲难受得生不如死的样子，为了照顾父亲，我一咬牙辞去了《知音》杂志首席编辑的工作，回到四川照顾父亲。

杂志社编辑部在武汉，可我却在四川照顾父亲，这让父亲很奇怪："你怎么不回武汉上班呢？你照顾我耽误了工作怎么得了？"

我不敢将自己辞职的真相告诉父亲，只能若无其事地撒谎，说："我现在已经调往成都，负责《知音》杂志四川记者站的工作了，这个记者站只有我一个人，上班不打卡，只要完成任务就可以了，所以工作时间很自由。"

贲门癌晚期病人吞咽困难，呃逆呕吐，食欲不振。回到四川之后，我不仅肩负起了照顾父亲的重任，还在医生建议用中药保守治疗的情况下，研究起了治疗贲门癌的传统中药方子来，以期达到为父亲抑止癌细胞扩散，甚至康复如初的目的。

为了阻止癌细胞的增长与扩散，我研究了半夏、竹茹、旋复花、代赭石、沉香、莪术、白花蛇舌草、半枝莲等上百味中药，了解其属性、药性、用法及用量；研究和试吃了斑蝥、蟾酥等对癌细胞能以毒攻毒的毒药，并在著名中医、中药专家的指导下配方，以给父亲治病。

锥心的沉痛中，就这样转眼过了两年。虽然一笔笔钱都在“药雾”缭绕的时光中变成了一文不值的药渣子，但在自学成医的我的精心治疗下，父亲的病情却有了很大的缓解，且打破了医生说无论做不做手术，他都只能生存半年或一年的魔咒。

然而，我的努力终究没有打动铁石心肠的癌魔。当时间跨进2015年之后，父亲的病情急剧恶化，后来孱弱得连走路也只能借助轮椅了。

再往后，他生活自理的尊严也被病魔残忍地夺走了，如山的重疾让他吃喝拉撒都只能在床上，人更是瘦得几乎成了皮包骨、嶙峋如削的人体标本。看到父亲渐失人形，兀自颓败，我时常背着父亲伤心得泣不成声。

父亲刚开始用成人尿不湿时，还不好意思，但重疾面前无尊严，曾是军医的他深知这一点。最后，他无奈地接受了残酷的现实，眼角滴落下几滴因拖累后人而自责的浊泪。

五月的川北，大地一片嫩绿，花草树木正粲然地吸收着阳光雨露蓬勃地生长，但父亲的病却越来越重。后来，他又便秘解不出大便了，于是我毫不犹豫地用手轻柔地伸进父亲的肛门，专注地帮其掏出那些已经硬结的屎粒。我的平和与细致让父亲更加自责和难为情。

见状，我心痛得泪如雨下，却笑着宽慰他：“爸，你不要觉得过意不去呀！你和妈生下我之后，难道我不拉屎不撒尿吗？我拉一屁股的屎，难道不是你与妈给我洗的？是屎都臭，你都不嫌我拉的屎臭，我怎么可能嫌你拉的屎臭呢？爸，只要你健康快乐，我做啥也愿意！”

是的，我的心澄明如水，我不嫌父亲拉的屎臭和脏，我愿意守候且享受这份久违的亲情。不仅如此，我还时常悲泪祈祷：如果能用自己的命换父亲的命的话，我愿意去换！如果能将父亲的病转移到自己身上的话，我愿意接受父亲身上的病……

弱水流沙，刹那芳华，人生在漫漫的时间长河中是那么短暂。令人心碎的是，我们兄妹的一切努力最终换来的，只是刀绞般的悲痛和颠扑不破的人生结局——2015年5月21日，父亲最终不治，告别了炊烟氤氲的红尘人世，含笑往生世人缈不可知的极乐天堂。

父亲走后的这些日子，我几乎都恍兮惚兮。比如，在寂静的夜晚，我在卧室或看书或写作，我感觉父亲应该在客厅孤独地坐着，因为怕看电视影响我的思绪，喜欢看电视的他一个人寂寥地出神，甚至为了节约电，灯也没开，暗度无趣的时光，就跟以往一样。

我在厨房做饭，忙碌而杂乱地调味着索然无趣的生活，恍然觉得，父亲就在我身边，帮我打杂，剥剥蒜，择择菜，或者淘洗些什么，且不时幽默地与我聊说旧事，语气亲和。

我坐车出行，目光所及蜀都大道匆促奔走的人丛中，眼前总会浮现父亲为了帮我节约车费，与我一起不辞辛苦地以散步减肥为借口，徒步从春熙路往家走着的情景，父亲满头是汗，气喘吁吁，却兴高采烈。

我孤独地做好饭，拿碗盛饭那一刻，却总会满眼是泪，因为手执之碗，是我专为曾是农民的父亲不错的饭量而买的大碗，但父亲的饭量却终止于连水也咽不下的贲门癌……

白天，挥之不去的哀痛中看不到影子的父亲总是与我相伴。夜里，慈祥的父亲却又经常来到我的梦中，健康依旧，笑容依旧。

但心里明镜似的我，知道一切场景都是倒流时光里层层叠叠的影子，即便在梦中。眼泪也因为不可逆转的悲痛岁月而汩汩如泉，从阳光明媚的梦境，流淌到夜色深沉的现实。哭声流转，枕巾濡湿，悲怆与凄惶痛断肝肠。

这些日子，我不知道还有没有谁会想起父亲，想起父亲在往昔岁月里留下的恨与爱。但是父亲却一直驻留在我的心中，驻留在我的思念里，一天也没远离。

在父亲生前，怕太肉麻而羞于袒露心迹的我，从未向他表达过爱意，但此时，我却满眼是泪地忍不住要对他说：

爸，我真的好想您……

抱着父亲回故乡

刘醒龙

这是我第一次描写父亲。

请多包涵。就像小时候，

我总是原谅小路中间的那堆牛粪。

这是我第一次描写家乡。

请多包涵。就像小时候，

我总是原谅小路中间的那堆牛粪。

——题记

抱着父亲。

我走在回故乡的路上。

一个模模糊糊的小身影，在小路上方自由地飘荡。

田野上自由延伸的小路，左边散落着一层薄薄的稻草。相同的稻草薄薄地遮盖着道路右边，都是为了纪念刚刚过去的收获季节。茂密的芭茅草，从高及屋檐的顶端开始，枯黄了所有的叶子，只在茎干上偶尔留一点苍翠，用来记忆狭长的叶片如何从那个位置上生长出来。就像人们时常惶惑地盯着一棵大树，猜度自己的家族，如何在树下的老旧村落里繁衍生息。

我很清楚，自己抱过父亲的次数。哪怕自己是天下最弱智的儿子，哪怕自己存心想弄错，也不会有出现差错的可能。因为，这是我平生第一次抱起父亲，也是我最后一次抱起父亲。

父亲像一朵朝云，逍遥地飘荡在我的怀里。童年时代，父亲总在外面忙忙碌碌，一年当中见不上几次，刚刚迈进家门，转过身来就会消失在租住的农舍外面的梧桐树下。长大之后，遇到人生中的某个关隘苦苦难渡时，父亲一改总是用学名叫我的习惯，忽然一声声呼唤着乳名，让我的胸膛感觉到一种从未有过的温厚。那时的父亲，则像是穿堂而过的阵阵晚风。

父亲像一只圆润的家乡鱼丸，而且是在远离江畔湖乡的大山深处，在滚滚的沸水中，既不浮起，也不沉底，在水体中段舒缓徘徊的那一种。父亲曾抱怨我的刀功不力，满锅小丸子，能达到如此境界的少之又少。抱着父亲，我才明白，能在沸水中保持平静是何等的性情之美。父亲像是丰厚的家乡包面，并且绝对是不离乌林古道两旁的敦厚人家所制。父亲用最后一个夏天，来表达对包面的怀念。那种怀念不只是如痴如醉，更近乎偏执与狂想。好不容易弄了一碗，父亲又将所谓包面拨拉到一边，对着空荡荡的筷子生气。抱着父亲，我才想到，山里手法，山里原料，如何配制大江大湖的气韵？只有聚集各类面食之所长的家乡包面，才能抚慰父亲50年的离乡之愁。

怀抱中的父亲，更像一枚五分硬币。那是小时候我们的压岁钱。父亲亲手递上的，是坚硬，是柔软，是渴望，是满足，如此种种，百般亲情，尽在其中。

怀抱中的父亲，更像一颗砣砣糖。那是小时候我们从父亲的手提包里掏出来的，有甜蜜，有芬芳，更有过后长久留存的种种回甘。

父亲抱过我多少次？我当然不记得。

我出生时，父亲在大别山中一个叫黄栗树的地方，任帮助工作的工作队队长。得到我出生的消息后，他借了一辆自行车，用一天时间，骑行300里山路赶回家，抱起我时，随口为我取了一个名字。这是唯一一次由父亲亲口证实的往日怀抱。父亲甚至说，除此以外，他再也没有抱过我。我不相信这种说法。与天下的父亲一样，男人的本性使得父亲尽一切可能，不使自己柔软的另一面显露在儿子面前。所谓有泪不轻弹，所谓有伤不常叹，所谓膝下有黄金，所谓不受嗟来之食，说的就是父亲一类的男人。所以，父亲不记得抱过我多少次，是因为父亲不想将女孩子才会看重的情感元素太当回事。

头顶上方的小身影还在飘荡。

我很想将她当作一颗来自大自然的种子，如蒲公英和狗尾巴草，但她更像父亲在山路上骑着自行车的样子。

在父亲心里，有比怀抱更重要的东西值得记起。对于一个男人来说，一辈子都在承受父亲的责骂，能让其更有效地锤炼出一副更能够担当的肩膀。不必有太多别的想法，凭着正常的思维就能回忆起，一名男婴，作为这个家庭的长子，谁会怀疑那些聚于一身的万千宠爱？

抱着父亲，我们一起走向回龙山下那个名叫郑仓的小地方。

抱着父亲，我还要送父亲走上那座没有名字的小山。

郑仓正南方向这座没有名字的小山，向来没有名字。

乡亲们说起来，对我是用“你爷爷睡的那山上”一语作为所指，意思是爷爷的归宿之所。对我堂弟，则是用“你父亲小时候睡通宵的那山上”，意思是说我那叔父尚小时夜里乘凉的地方。家乡之风情，无论是历史还是现世，无论是家事还是国事，无论是山水还是草木，无论是男女还是老幼，常常用一种固定的默契，取代那些似无必要的烦琐。譬如，父亲会问，你去那山上看过没有？莽莽山岳，叠叠峰峦，大大小小数不胜数，我们绝对不会弄错，父亲所说的山是哪一座！譬如父亲会问，你最近回去过没有？人生繁复，去来曲折，有情怀而日夜思念的小住之所，有愁绪而挥之不去的长留之地，只比牛毛略少一二，我们也断断不会让情感流落到别处。

小山太小，不仅不能称为峰，甚至连称其为山也觉得太过分。那山之微不足道，甚至只能叫作小小山。因为要带父亲去那里，因为离开太久而缺少对家乡的默契，那地方就不能没有名字。像父亲给我取名那样，我在心里给这座小山取名为小秦岭。我将这山想象成季节中的春与秋。父亲的人生将在这座山上分成两个部分，一部分称为春，一部分称为秋。称为春的这一部分有88年之久，称为秋的这一部分，则是无边无际。就像故乡小路前头的田野，近处新苗茁壮，早前称作谷雨，稍后又有芒种，实实在在有利于打理田间。又如，数日之前的立冬，还有几天之后的小雪，明明白白提醒要注意正在到来的隆冬。相较远方天地苍茫，再用纪年表述，已经毫无意义！

我不敢直接用“春秋”称呼这小山。

春秋意义太深远！

春秋场面太宏阔！

春秋用心太伟大！

春秋用于父亲，是一种奢华，是一种冒犯。

父亲太普通，也太平凡，在我抱起父亲前几天，父亲还在挂惦一件衣服，还在操心一点养老金，还在渴望新婚的孙媳何时为这个家族添上男性血脉，甚至还在埋怨那根离手边超过半尺的拐杖！父亲也不是没有丁点志向，在我抱起父亲的前几天，父亲还要一位老友过几天再来家里做客，一起聊一聊党的十八大；还要关心偶尔也会被某些人称为“老人”的长子，下一步还有什么目标。

于是我想，这小山，这小小山，一半是春，一半是秋，正好合为一个“秦”字，为什么不可能叫作小秦岭呢？父亲和先于父亲回到这山上的亲友与乡亲，人人都是半部《春秋》！

那小小身影还在盘旋，不离不弃地跟随着风，或者是我们。

小路弯弯，穿过芭茅草，又是芭茅草。

小路长长，这头是芭茅草，另一头还是芭茅草。

轻轻地走在芭茅草丛中，身边如同弥漫着父亲童年的炊烟，清清淡淡，芬芬芳芳。炊烟是饥饿的天敌，炊烟是温情的伙伴。而这些只会成为炊烟的芭茅草，同样既是父亲的天敌，又是父亲的伙伴。在父亲童年的100种害怕中，毒蛇与马蜂排在很后的位置，传说中最令人毛骨悚然的鬼魂，亲眼遇见过的荧荧鬼火都不是榜上所列的头名。被父亲视为恐怖之最的正是郑仓垸前垸后，山上山下疯长着的芭茅草。这家乡田野上最常见的植物，超越乔木，超越灌木，成为人们在倾心种植的庄稼之外，最大宗物产。80年前的这个季节，八岁的父亲正拿着镰刀，光手光脚地在小秦岭下功夫收割芭茅草。这些植物曾经割破少年鲁班的手。父亲的手与脚也被割破了无数次。少年鲁班因此发明了锯子。父亲没机会发明锯子了。父亲只是疑惑，这些作为家中柴火的植物，为什么非要生长着锯齿一样的叶片？

芭茅草很长很逶迤，叶片上的锯齿锋利依然。怀抱中的父亲很安静，亦步亦趋地由着我，没有丁点犹豫和畏葸。暖风中的芭茅草，见到久违的故人，免不了也来几样曼妙身姿，瑟瑟如塞上秋词。此时此刻，我不晓得芭茅草与父亲再次相逢的感觉。我只清楚，芭茅草用罕有的温顺，轻轻地抚过我的头发，我的脸颊，我的手臂、胸脯、腰肢和双腿，还有正在让我行走的小路。分明是母亲八十大寿那天，父亲拉着我的手，感觉上有些苍茫，有些温厚，更多的是不舍与留恋。

冬日初临，太阳正暖。

这时候，父亲本该在远离家乡的那颗太阳下面，眯着双眼小声地打着呼噜，晒晒自己。身边任何事情看上去与之毫无关系，然而，只要有熟悉的声音出现，父亲就会清醒过来，用第一反应拉着家人，毫无障碍地聊起台湾、钓鱼岛和航空母舰。是我双膝跪拜，双手高举，从铺天盖地的阳光里抱起父亲，让父亲回到更加熟悉的太阳之下。我能感觉到家乡太阳对父亲格外温馨，已经苍凉的父亲，在我的怀抱里慢慢地温暖起来。

小路还在我和父亲的脚下。

小路正在穿过父亲一直在念叨的郑仓。

有与父亲一道割过芭茅草的人，在垸边叫着父亲的乳名。鞭炮声声中，我感到父亲在怀里轻轻颤动了一下。父亲一定是回答了。像那呼唤者一样，也在说，回来好，回到郑仓一切就好了！像小路旁的芭茅草记得故人，22户人家的郑仓，只认亲人，而不认其他。恰逢家国浩劫，时值中年的父亲逃回家乡，芭茅草掩蔽下的郑仓，像芭茅草一样掩蔽起父亲。没有人为难父亲，也没有人敢来为难父亲。那时的父亲，一定也听别人说，同时自己也说，回到郑仓，一切就好了。

随心所欲的小路，随心所欲地穿过那些新居与旧宅。

我还在抱着父亲。正如那小小身影，还在空中飞扬。

不用抬头，我也记得，前面是一片竹林。无论是多年前，还是多年之后，这竹林总是同一副模样。竹子不多也不少，不大也不小，不茂密也不稀疏。竹林是郑仓一带少有的没有生长芭茅草的地方，然而那些竹子却长得像芭茅草一样。

没有芭茅草的小路，再次落满因为收获而遗下的稻草。

父亲喜欢这样的小路。父亲还是一年四季都赤脚的少年时，则更加喜欢，不是因为宛如铺上柔软的地毯，而是因为这稻草的温软，或多或少地阻隔了地面上的冰雪寒霜。那时候的父亲，深得姑奶奶体恤，不管婆家有没有不满，年年冬季，都要给侄儿侄女各做一双布鞋。除此之外，父亲他们再无穿鞋的可能。1991年中秋节次日，父亲让我陪着走遍黄州城内的主要商店，寻找价格最贵的皮鞋。父亲亲手拎着因为价格最贵而被认作是最好的皮鞋，去了父亲的表兄家，亲手将皮鞋敬上，以感谢自己的姑妈——我的姑奶奶的当年之恩情。

接连几场秋雨，将小路洗出冬季风骨。太阳晒一晒，小路上又有了些许别的季节风情。如果是当年，这样的季节，这样的天气，再有这样的稻草铺着，赤脚的父亲一定会冲着这小路欢天喜地。这样的时候，我一定要走得轻一些，走得慢一些。这样的时候，我一定要走得更轻一些，更慢一些。然而，竹林是天下最普通的竹林，也是天下最漫不经心的竹林，生得随便，长得随便，小路穿过竹林也没法不随便。

北风微微一吹，竹林就散去，将一座小山散淡地放在小路前面。

用不着问小路，也用不着问父亲，这便是那小秦岭了。

有一阵，我看不见那小小身影了，还以为她不认识小秦岭，或者不肯去小秦岭。不待我再多想些什么，那小小身影又出现了，那样子只可能是落在后面，与那些熟悉的竹梢小有缠绵。

父亲的小秦岭，乘过父亲童年的凉，晒过父亲童年的太阳，饿过父亲童年的饥饿，受过父亲童年的寒冷，更盼过父亲童年对外出做工的爷爷的渴盼。小秦岭是父亲的小小高地。童年之男踮着脚或者拼命蹦跳，即便是爬上那棵少有人愿意爬着玩的松树，除了父亲的父亲——我的爷爷，父亲还能盼望什么呢？远处的回龙山，更远处的大崎山，这些都不在父亲的期盼范围。

父亲更没有望见，在比大崎山更远的大别山深处那个名叫老鹳冲的村落。蜿蜒在老鹳冲村的小路我走过不多的几次。那时候的父亲身强体壮，父亲立下军令状，不让老鹳冲因全村人年年外出讨米要饭而继续著名。那里小路更坚硬，也更复杂。父亲在远离郑仓却与郑仓有几分相似的地方，同样留下一次著名的伫立。是那山洪暴发的时节，村边沙河再次溃口。就在所有人只顾慌张逃命时，有人发现父亲没有逃走。父亲不是英雄，没有跳入洪水中，用身体堵塞决口。父亲不是榜样，没有振臂高呼，让谁谁谁跟着自己冲上去。父亲打着伞，纹丝不动地站在沙堤决口，任凭沙堤在脚下一块块崩塌。逃走的人纷纷返回时，父亲还是那样站着，什么话也没说，直到决口被堵住，父亲才说，今年不用讨米要饭了。果然，这一年，丰收的水稻，将习惯外出讨米要饭的人，尽数留了下来。

我的站在沙河边的父亲！

我的站在小秦岭上的父亲！

一个在怀抱细微的梦想！

一个在怀抱质朴的理想！

春与秋累积的小秦岭！短暂与永恒相加的小秦岭！离我们只剩下几步之遥了，怀抱中的父亲似乎贴紧了些。我不得不将步履迈得比慢还要慢。我很清楚，只要走完剩下几步，父亲就会离开我的怀抱。成为一种梦幻，重新独自伫立在小秦岭上。

小路尽头的稻草很香，是那种浓得令人内心颤抖的酽香。如果它们堆在一起燃烧成一股青烟，就不仅仅为父亲所喜欢，同样会为我所喜欢。那样的青烟绕绕，野火燎燎，正是头一次与父亲一同行走在这条小路上的情景。

同样的父亲，同样的我，那一次，父亲在这小路上，用那双大脚流星追月一样畅快地行走，快乐得可以与任何一棵小树握握手，可以与任何一只小兽打招呼，更别说突然出现在小路拐弯处久违的发小儿。那一次，我完完全全是个多余的人。家乡人对我的反应，几乎全是一个“啊”字。还分不清在这唯一的“啊”字后面，是画上句号，还是惊叹号，或许是省略号？那也是我所见过的父亲风采中，称得上忽发少年狂的仅有的一次。

小秦岭！郑仓！张家寨！标云岗！上巴河！

在那稍纵即逝的少年回眸里，凡目光触及所在，全属于父亲！父亲是那样贪婪！父亲是那样霸道！即使是整座田野上最难容下行人脚步的田埂，也要试着走上一走，并且总有父亲渴望发现的发现，渴望获得的获得。

如果家乡是慈母，我当然相信，那一次的父亲，正是一个成年男子为内心柔软所在寻找寄托。如果大地有怀抱，我更愿相信，那一次的父亲，正是对能使自身投入的怀抱的寻找。

小路，只有小路，才是用来寻找的。

小路，只有小路，才是用来深爱的。

小路，只有小路，才是用来回家的。

88年的行走，再坚硬的山坡也被踩成一条与后代同享的坦途。

一个坚强的男人，何时才会接受另一个坚强的男人的拥抱？

一个父亲，何时才会没有任何主观意识地任凭另一个父亲将其抱在怀里？

无论如何，那一次，我都不可能有抱起父亲的念头。无论父亲做什么和不做什么，也无论父亲说什么和不说什么，更遑论父亲想什么和不想什么。现在，无论如何，我也同样不可能有放弃父亲的念头。无论父亲有多重和有多轻，也无论父亲有多冷和有多热，更别说父亲有多少恩和多少情。

在我的词汇里，曾经多么喜欢“大路朝天”这个词语。

在我的话语中，也曾如此欣赏“小路总有尽头”的说法。

此时此刻，我才发现大路朝天也好，小路总有尽头也罢，都在自己的真情实感范围之外。

一条青蛇钻进夏天的草丛，一只狐狸藏身秋天的谷堆，一片枯叶卷进冬天的寒风，一片冰雪化入春天的泥土。无须提醒，父亲肯定明白，小路像青蛇、狐狸、枯叶和冰雪那样，在我的脚下消失了。父亲对小秦岭太熟悉，即便是在千山万壑之外做噩梦时，也不会混淆，金银花在两地芳菲的差异；也不会分不出，此处花喜鹊与彼处花喜鹊鸣叫的不同。

小路起于平淡无奇，又始于平淡无奇。

没有路的小秦岭，本来就不需要路。父亲一定是这样想的，春天里采过鲜花，夏天里数过星星，秋天里摘过野果，冬天里烧过野火，这样的去处，无论什么路，都是画蛇添足的败笔。

山坡上，一堆新土正散发着千万年深蕴而生发的大地芬芳。父亲没有挣扎，也没有不挣扎。不知何处迸发出来的力量，将父亲从我的怀抱里带走。或许根本与力学无关。无人推波助澜的水，也会在小溪中流淌；无人呼风唤雨的云，也会在天边散漫。父亲的离散是逻辑中的逻辑，也是自然中的自然。说道理没有用，不说道理也没有用。

龙回大海，凤凰还巢，叶落归根，宝剑入鞘。

父亲不是云，却像流云一样飘然而去。

父亲不是风，却像东风一样独赴天涯。

我的怀抱里空了，却很宽阔，因为这是父亲第一次躺过的怀抱。

我的怀抱里轻了，却很沉重，因为这是父亲最后一次躺过的怀抱。

趁着尚且能够寻觅的痕迹，我匍匐在那堆新土之上，一膝一膝，一肘一肘，从黄丘一端跪行到另一端。一只倒插的镐把从地下慢慢地拔起来，三尺长的镐把下面，留着一道通达蓝天大地的洞径，有小股青烟缓缓升起。我拿一些吃食，轻轻地放入其中。我终于有机会亲手给父亲喂食了。我也终于有机会最后一次亲手给父亲喂食。是父亲最想念的包面，还是父亲最不肯马虎的鱼丸？我不想记住，也不愿记住。有黄土涌过来，像那嘴巴一样、眼睛一样、鼻孔一样、耳郭一样、肚脐一样、心窝一样的洞径填满了，填得与漫不经心地铺陈在周边的黄土一模一样。如果这也是路，那她就是联系父亲与他的子孙们最后的一程。

这路程一断，父亲再也回不到我们身边。

这路程一断，小秦岭就化成了我们的父亲。

天地有无声响，我不在乎，因为父亲已不在乎。

人间有无伤悲，我不在乎，因为父亲已不在乎。

我只在乎，父亲轻轻离去的那一刻，自已有没有放肆，有没有轻浮，有没有无情，有没有乱了方寸。

这是我第一次描写父亲。

请多包涵。就像小时候，

我总是原谅小路中间的那堆牛粪。

这是我第一次描写家乡。

请多包涵。就像小时候，

我总是原谅小路中间的那堆牛粪。

此时此刻，我再次看见那小小身影了。她离我那么近，用眼角都能看得清清楚楚。她是从眼前那棵大松树上飘下来的，在与松果分离的那一瞬间里，她变成一粒小小的种子，凭着风飘洒而下，像我的情思那样，轻轻化入黄土之中。她要去寻找什么，只有她自己清楚。我只晓得，当她再次出现时，一定是苍苍翠翠的茂盛新生！

你是自己的太阳

李青松

怎样握住一颗眼泪

我跟海子接触有四年时间，因之诗社和诗。

1983年9月，我入“政法”时，海子也入“政法”。不过，我当时的身份是学生，海子的身份是教工。我说的“政法”，是指北京市海淀区学院路41号——中国政法大学（当时校门口牌子上的字是彭真的手书，现在改为邓小平的手书了。入校时校长是刘复之，毕业时校长是邹瑜）。那一年，中国政法大学是在全国范围内首届招生（之前为北京政法学院），一下子就从内蒙古招来50人。我是其中之一。哐当哐当！哐当哐当！我是坐了一夜的草原列车进京的。当我背着行李，拎着网袋（里面装着洗脸盆和牙具），兴奋地被人流裹挟着，走出布满煤尘、异味弥漫的西直门火车站出站口的时候，天就亮了。

我知道，草原和沙地离我远去，新的一页已经掀开。

政法大学南校门之外就是小月河。河里蛙鸣喧嚣，河岸荒草连天。我当时想，若是把老家的羊赶来，一定会个个吃得膘肥体壮。城里的草，就那么白白长着，派不上用场，真是可惜了。

我本来第一志愿报的是北京广播学院，偏偏没被录取，却被第二志愿中国政法大学录取了。当时，政法大学还没有分系分专业，可见当时办学之仓促（好像入学半年后才分系分专业）。

入校后给校刊投稿，就认识了校刊编辑吴霖和海子。吴霖有两个笔名，既叫江南，也叫陈默，毕业于华东政法学院。海子原名查海生，毕业于北京大学。吴霖和海子在一个办公室，面对面办公。我当时在校刊发表的第一首诗是《老教授的书屋》，责任编辑是吴霖。虽说中国政法大学是以培养法官、检察官和律师为主的政法高等院校，但法律课堂上的许多大学生仍然做着文学梦。这是一种悖谬——法律的功能是使每个人都成为理性的人，而文学的功能是使每个人成为感性的人。

法律是收敛和约束情感的，使看不见的东西不被看见。而文学则是张扬和放大情感的，使看不见的东西被看见——而且不光是使自己看见，更是通过自己的表达使别人看见。

从本质上说，每个人都渴望看见——看见青春的美，看见生活的美，看见世界的美。

那个年代，正是校园诗歌盛行时期。那个年代，正是校园文学气象万千的时代。今天，当我转过身去，向着那个时代遥望的时候，腾的一下，浑身有一股热流在澎湃涌动——我们应该向那个时代致敬！

在吴霖的鼓动之下，经校团委和校学生会批准，我便不知天高地厚地发起成立了中国政法大学诗社。海报刚刚贴出去，就有上百人报名参加。我们还是从严掌握的——最后通过审核作品和面试，录取了55名同学为诗社成员。我被任命为首任社长，副社长是王彦、张国森。骨干有曹洪波、李艳丽、王淑敏、郁红祥、齐晓天、王光、孔平、贾梅、李成林、孟朝来、荀红艳、武彦彬、商磊、庞琼珍、付洪伟等。同时，我们还创办了诗刊《星尘》，我任主编。刊名是吴霖起的，“星尘”二字是我们班的同学朱宏霞手书的。那家伙来自内蒙古乌兰察布盟，从来不去上课，整天躺在宿舍床上读《红楼梦》，是个烟鬼，床底下全是烟屁股，面黄肌瘦的，就像旧社会受苦受难的人。

当时，校领导江平、宋振国、解战原、张晋藩及老师高潮、宁致远、张效文、王洁、隋彭生、于波、马宏俊、唐师曾、丁元力等都很支持诗社的工作。校记者团团长、学兄毛磊也给予热情的帮助。

在我的建议下，吴霖被聘为诗社名誉社长，海子被聘为诗社顾问。也就是从那时起，海子发表诗歌开始用“海子”这个笔名了。海子生就一张娃娃脸，那时没有多少人注意他。海子生活上过于邋遢，不修边幅，胡子乱蓬蓬的。吴霖是上海人，戴一副眼镜，风流倜傥，满腹经纶，我们都称他“吴老师”。但对海子从没唤过“老师”，就叫“小查”。他的额头和鼻尖总是汗津津的，一副羞涩的样子。当时的海子“一穷二白”，没有底气、没有自信。

唐师曾（当时是教国际政治课的老师，后来成了新华社著名记者）为讨诗社漂亮女生欢心，躺在地上拍照片，拿给海子要求在校刊上发表，却每每都被海子说“不”。于是,“唐老鸭”给海子起了个绰号“扎卡”——大概是因为海子的面相长得有点像印度电影《流浪者》里的坏蛋扎卡吧。不过，海子反过来也给唐师曾起了个绰号——“糖包子”。一个“扎卡”，一个“糖包子”，都无恶意，算是一对一抵消了。他们教工之间的事，我们不便多嘴。毕竟，我们是学生。

诗社活动搞得轰轰烈烈——办刊物，举办诗歌朗诵会（朗诵会多半是由查卫民和张卫宁主持。朗诵会上，曹洪波每每都会登台，以咬牙切齿的表情朗诵一首自己的诗作——啊！风！——啊！雨！——啊！闪电！常会引来满堂笑声），搞诗歌讲座……政法大学成为当时高校诗歌重镇。我曾带人专门去臧克家先生的家里拜访，请教老先生一些诗歌问题。我们请邹荻帆、梁晓声、刘湛秋、徐刚、顾城等作家和诗人来学校跟诗社成员座谈。北大、师大、人大、邮电大学等的诗社的人常过来交流。北大的西川（刘军）来政法次数最多。当然，他来的次数多，除诗歌之外，还另有原因。什么原因？别问我，问我我也不会说。

诗社没有办公场所，实际上，我的宿舍就是诗社办公室。当时，全国几十所高校的诗社负责人跟我有过联系，我每天都能接到六七封甚至十几封信件。当然，不光都是投稿，也有探讨诗歌创作方面的信，也有油印的刊物、油印的诗集，也有……也有朦朦胧胧表白那个意思的信。读信，是我每天最快乐的事。

回想当年，我们的青春和梦想都是与诗相伴的。诗，让我们沉浸在幸福中。

有一次，我们请某诗人来校做讲座，结果，那个诗人因故没来，我就跑到校刊编辑部找吴霖救场，偏巧吴霖不在，我就跟海子说："小查，你来救场吧，你讲。"海子说："讲什么啊？"我说："你就讲朦胧诗吧，对付一个多小时就行。"

海子说："不行，临时抱佛脚，我哪有那本事啊！"

我说："今天听讲座的可全是漂亮女生，你不去讲会后悔的。"海子的眼里放出欢喜的光芒。海子是鱼，女生是鱼钩。漂亮女生，是钓海子这条鱼的鱼钩。于是，海子就跟我来到那间教室。

不过，确实有点难为海子了。那次讲座由我主持，海子都讲了什么，我一句都记不得了。只记得他的额头和鼻尖上浸满了汗珠，讲话的逻辑有些凌乱。然而，我万万没想到的是——就是在那次讲座的现场，他的目光与坐在头排认真听讲的一位女生的目光倏地碰撞在一起——海子的初恋开始了。

那位女生叫……我还是不说她的名字了吧——替别人保守秘密是一种修养。但可以透露的是，那个女生有一双忽闪忽闪的大眼睛，个子不是很高，走路时双肩有点向上一拱一拱的。看得出，海子陷得很深。寂寞时，海子经常用手指在桌面上一遍一遍写她的名字。后来，我才知晓，那时海子写的许多诗，其实都是写给她的。

我在中国政法大学读书时，除了担任诗社社长兼《星尘》主编外，还是刊物《法官的摇篮》（也发表一定数量的文艺作品）主编。两个刊物需要大量稿件。我当时的宿舍跟校刊编辑部只有一墙之隔（准确地说，是一板之隔——同一座楼，楼道用纤维板隔开，一边是教工办公区，一边是学生宿舍区——应该是七号楼吧。好久未回学校了，不知现在什么情形），海子为了投稿方便，就把纤维板隔离墙抠开一个洞。我们约定暗号——他在洞那边"嘭嘭嘭"敲三下，我在这边把稿子接过来。

海子当时写作用蘸水钢笔，字体是斜的，有点像雷锋的字体。刊物大样从打字社（那时用四通打字机打字排版）取回来，往往有的版面就会出现五六行或者七八行的空白。我就拿着大样去找海子，让他补白。海子经常是先翻翻外国诗选，找找灵感，就能很快提起蘸水钢笔唰唰把空白补上。

1985年3月，第二期《星尘》第53页至55页发过海子的一组情诗——《夏天的太阳》，小标题分别是:《主人》《你的手》《窗户》《渔人》《行路人》《日落》。海子对《主人》中开头几行扬扬得意——

我在鱼市上
寻找上弦月
我在月光下
经过小河流

你在婚礼上
使用红筷子
我在向阳坡
栽了两行竹

我当然知道，这一组情诗，他是写给谁的。一个字没动，原稿照发了。我还特意叮嘱编辑，每个小标题上下加横线处理，以示醒目。诗尾有两行作者简介：海子，男，安徽人，校刊编辑。曾在《滇池》等刊物发表过诗作。

当时四通打字机打不出“滇”字，我便用圆珠笔手写到蜡纸上，刻出了一个“滇”字。现在拿出那期刊物看看，有点不好意思——那个“滇”字写得太丑了。

实际上，海子当时仅在《草原》《十月》《滇池》发表过几首诗，大部分诗作还是发表在我们诗社的《星尘》上。海子后来的成名和巨大的影响，让我着实深感意外。

在我担任法律系团委宣传部部长期间，团委刊物《共青团员》要出一期文学专刊，由诗社组稿（实际上就是由我来组稿主编）。我说，既然是文学专刊，那就起个专刊刊名吧——于是，就起了《蓝天与宝剑》。我当时好像正读一本苏联方面的小说，受捷尔任斯基说过的一句话影响很深——那句话大意是“法律就是蓝天下出鞘的宝剑”。校党委副书记宋振国说：“这名字好！——既有正义感，又有艺术性。”

我当时激情澎湃，亲自撰写了刊首寄语。吴霖写了一组诗《在远方》，海子写了《我是太阳的儿子》等五首诗。还有郁红祥、张国森、葛庆学、王旗等同学的作品。由于海子这五首诗各自都是独立的主题，不能按组诗编发，只能每首单独发——这就带来一个问题：海子的名字就要在同一期刊物上出现五次。这样似乎不妥。我跟海子商量，能不能用不同的笔名，把这五首诗一次发出来。海子说，行啊！能发出来就行。

打字室那边催大样了，刊物出版流程不能再耽搁了。我便自行决定，除了“查海生”和“海子”之外，又给他起了另外三个笔名——“海生”“阿米子”“小楂”。

“海生”——这个简单，“查海生”三个字去掉一个字。“阿米子”——因为海子喜欢凡·高，在诗中常称其“瘦哥哥”，我随手就给他起了这个外国名字。“小楂”——也没什么特别的寓意，只是当时我由“查”字联想到山楂树，就在“查”字前面加了木字旁。

事后，海子对这几个笔名也都很认可。

在那期《蓝天与宝剑》文学专号上——海子《我是太阳的儿子》、阿米子《雕塑》、查海生《渡神》、小楂《阿尔的太阳》、海生《新娘》等，其实都是海子一个人的作品。至于“阿米子”“小楂”“海生”等笔名，海子在别处用没用过，我就不得而知了。

海子似乎没有什么爱好，唯一的爱好可能就是喜欢逛书店。他多半逛的是西四书店或者三联书店。

一个周末，海子在那边猛砸纤维板墙——嘭嘭嘭！——嘭嘭嘭！我以为他又要投稿，可这次却不是。原来，他逛书店刚刚回来，却忘记带钥匙了，门打不开，进不了办公室，叫我过去，看看有什么办法。

我过去一看——好家伙！一捆书戳在门口，足有二十几本。有哲学书，有文学书。文学书好像有梭罗的《瓦尔登湖》、惠特曼的《草叶集》和泰戈尔的《飞鸟集》等——其他一概想不起来了。

那蔚蓝色的门紧锁着，海子用硬纸片和铁丝折腾半天了，也没有弄开。我问他，上面的天窗能打开吗？他说不知道。我说："我个子高，肩着你，你爬上去试试看，如果能打开，就从天窗翻进去，从里面把门锁打开。"如此这般，这般如此，他照做了。果然，"哗啦"一下，门打开了。

满脸通红、汗水淋漓的海子，孩子一般乐了。他从桌子底下掏出一桶橙汁，为我倒上一杯，为自己倒上一杯。

我赶紧帮他把那捆书提进屋里，说，够读一年了吧！他说，有的书也可能压根儿就不看，但必须得买回来，否则心里闹得慌。他解开捆书的绳子，一本一本摆上书架。然后，他坐到椅子上，举起那杯橙汁，一仰脖儿，咕嘟咕嘟！——干了。他用手擦了擦嘴角，心满意足。

我也端起海子为我倒上的那杯橙汁，却没有喝。

"你还好吗？"我问。

"不好。"他说。

"怎么啦？"我有些诧异。

"但我从来没有这么好过。"他说。我愣了一下，笑了。咕嘟咕嘟！也喝掉了那杯橙汁。——海子经常这样，说一些逻辑悖谬、出人意料的话。

1987年，我大学毕业后，就跟海子很少见面了。必须承认，我对海子的内心世界，还了解不多。我们的交往也仅局限于诗社活动及诗歌创作。毕竟，我的主要心思还是用在功课上。

海子在《我是太阳的儿子》里写道："人，应该知道自己是什么，应该知道自己的河流和历史是浑浊而不是透明的，应该知道自己血管里流的是血。”也是在这篇诗文中，海子继续写道：“成熟是不知不觉来到的。当我们似乎寂寞地过着日子，没有了任何依靠的心理，歪歪斜斜地上路的时候，我们突然沉默起来。”——海子，为什么要沉默？是看穿了生活的真相吗？

可是，生活的真相就是看起来如此，其实并非如此。

在世俗的眼里，海子至多是一枚青涩的果子，可能永远都不会成熟。然而，他对这个世界的认识、对人生的思考可能超越了许多人。

我们会不会在历史的细纹里消失呢？一定的。人生，是短暂的。其实，诗不在喧嚣中，而在寂寞里。寂寞，是我们熟悉的面孔。寂寞，众声喧嚣的尽头还是寂寞。青春更是如此。然而，诗并不是我们生活的全部。我们究竟需要怎样的生活？

海子说：“寂寞，可能就是我们渴望燃烧。寂寞，也就是因为我们还没有充分燃烧。让土地知道它是土地，让种子知道它是种子。”爱情也需要燃烧吗？当然。

可惜，海子的爱情注定是一场悲剧。海子的内心是相当孤独的。正因为孤独，所以他选择了诗歌。在我看来，与其说海子是有诗歌信仰的人，不如说他是选择了诗歌的方式来表达和倾诉的人。

时间，磨尽了悲伤和孤独之后，生命的光彩，便在他的诗中喷涌而出，而且是那么干净美好。

有的人生来伟大，有的人追求伟大，有的人被人硬说成了伟大。没有不朽的伟大，伟大是可以被颠覆的，所有的伟大到最后都化作了尘埃。

当然，海子跟任何伟大都没有关系，但是，海子的诗——《面朝大海，春暖花开》《五月麦地》《日记》却传奇般地流传下来。诗歌，需要一个神。旧的神过气了，需要新的神取代。于是，信徒们便把海子推上了神的宝座，顶礼膜拜，欢呼不已。

然而，这一切跟海子还有关系吗？

我忽然想起卡夫卡说过的一段话：

“你没有必要离开屋子，待在桌边听着就行。甚至听也不必去听，等着就行。甚至等也不必去等，只要保持着沉默和孤独就行。大千世界会主动走来，由你揭去面具。”

可是，海子再也不可能揭去这个世界的面具了。

跟海子见的最后一面，应该是1988年的秋天了。当时，我回学校去昌平校区看望一位老师。我记得，是在去昌平校区的班车上见到了海子。他当时很疲惫，眼神迷离，好像刚从西藏回来。我们坐在最后一排座位。他告诉我，他已不在校刊编辑部当编辑，而到哲学教研室教自然辩证法课了。

奇怪，我们当时的话题并没有聊到诗，而是别的什么（海子似乎谈到练气功的一些事情）。聊着聊着，话就寡淡了，渐渐就稀疏了，渐渐就没话了。我能感觉到，诗已经离我们远去。海子的心，已经被一种魔力占据了。诗，在那个时代，曾经是我们的梦。人生的痛苦在于——梦醒了，就无路可走了。

1989年春天的某日，从母校中国政法大学传来令人震惊的消息——

海子在山海关卧轨自杀了。

我，半晌无语。泪流满面。

想起海子的两句诗：

草原尽头我两手空空

悲痛时握不住一颗眼泪

苍穹之王

怡霖

浩浩大漠，有一座村庄，就像一望无尽的孤岛，峭立在一望无尽的荒漠中。流沙涌动，好似张牙舞爪磨刀霍霍的刽子手面临吞噬。大风从早到晚呼呼地刮个不停，贪婪地威胁着它。沙土在它的周围如雨向下飘落，然后又被狂风卷动，重新飞扬……

在这里流传着一个鹰孩的故事：

“很久以前，这里是土地肥沃、水草丰美的风水宝地，人们生活悠闲自得，美满和谐。附近有一座大山，山上有一只奇特矫健的雌鹰。有一天，风口破裂，出现了一个巨大可怕的洞，那里狂风卷起沙石尘土，吞噬了周围的一切。大地遭受了沉重的灾难，人们惨遭劫难，流离失所，四处逃散。在沙石吞噬的废墟中，雌鹰发现了一个男婴，就将他叼进自己生活的大山中抚养。随着时间的流逝，男孩长成了壮实、强健的少年。有一天，雕鹰告诉他：‘你属于人类，我们脚下这片被沙漠埋没着的大地就是你的故乡。风口处有一个大洞，如果你能堵住那个大洞，你的村民就会摆脱苦难获救。’鹰孩就朝那个风口飞去，并最终到达那里，用自己的翅膀堵住了那个巨大的洞，顿时风沙停止，人们从灾难中被解救了出来。”

第一次听到这个故事时，我浑身热血沸腾，激动得难以成眠，总想像鹰孩一样长出双翼，翱翔在蓝天下。幻想日复一日，一双神圣的鹰的翅膀终究没有长出来。但鹰孩那大无畏的英雄形象时时浮现在我的眼前。我对鹰充满了无限的崇拜之情。我特别喜欢天高云淡，关河冷落，雄鹰悲愤而充满豪情和英气的飞翔。每当此时，我都激动不已，羡慕地久久仰望。

我发现被称为“苍穹之王”和“空中霸主”的鹰，它在精神风貌和健壮雄伟的体魄上，同狮子相仿，它与空中其他鸟类比，力气最大，有种独有的威势，如同狮子在同类走兽中的威势。狮子是大人有大量，绝不轻易同小动物计较，而鹰也很有气量，它不屑于和那些小鸟计较，除非，那鹊呀、鸭呀等吵闹太过分，扰乱它太久，否则它一般是视而不见，绝不惩罚甚至处死它们。狮子很少从别人口中夺食，不仅如此，还常常把自己捕来的食物留下一些残余给别的动物吃。而威震长空的鹰也是这样，虽贵为空中皇帝，却不像人中之王靠剥夺别人的果实，靠万民上贡，而自己坐享其成。它不论如何饥饿，也不会吃人家的残羹剩食。它要享受，必靠自己劳动，而且还总是不把自己捕的食物吃得一干二净。狮子作为地上兽中之王是要划分领地的，为防止敌人来犯，它必须日日巡视领地。而鹰也是有领地的，并且牢牢把守每一片领地的入口，不准任何外来者入侵它的领地捕猎。正如在同一个地区很难发现两群狮子一样，在同一个山野很难看到两对鹰和谐相处。两对鹰总是相离较远，以便在各自的领空捕食生存。它们通常以自己生活的需求量来决定自己王国的面积。鹰那闪闪发光的眼神和眼珠的颜色也与狮子极为相近。它们的吼叫骇人心魄，具有巨大的威慑震撼力量。加上它有十分强劲的翅膀和双腿，结实的骨骼，轩昂的姿态，看一眼都让人心里发慌发颤。它仿佛是异域的怪客，神奇而威猛得让人产生无法言喻的肃穆、崇敬和向往。

由于鹰的身躯健壮、翅膀强劲、肌肉厚实、羽毛坚硬，所以它飞行的速度极快，只能用箭或者急遽的声音来形容。在所有鸟类中，它飞得最高。古人称鹰为“天禽”，在鸟占术中，把鹰当作大神朱彼特的使者。它在云天最高处飞翔，飞得肉眼看不见它的影子了，但它实际上还在向高处飞。它起飞时最壮美，它那英健的身躯，昂首的样子，绝对是全副武装的将军风貌。它那强劲有力的一对翅膀突然展开，都能听到其羽毛鼓动的声音。它那长达两米多的翅膀扇动长风起飞，先在天空高高低低地盘旋，然后毫不留恋夏日泛滥的绿浪和鲜花，呼啸着向清澈的蓝天深处飞去，然后升高再升高，极像一架现代先进的战斗机。这让我想起庄子的《逍遥游》中对大鹏的描述：“有鸟焉，其名为鹏，背若泰山，翼若垂天之云，抟扶摇羊角而上者九万里，绝云气，负青天，然后图南……”又说：“鹏之徙于南冥也，水击三千里，抟扶摇而上者九万里，去以六月息者也。”“其远而无所至极邪。”大鹏的脊背如泰山宽厚，翅膀如垂在天空的云彩，扇动一下翅膀就飞了三千里，回旋直上能飞九万里高，能飞行六个月不休息。好厉害的大鹏啊！与不知晦朔的朝菌，不知春秋的蟪蛄相比，真不知伟大到哪里去了！我不知道最富想象力的庄子写出大鹏是不是从雄鹰身上得到最初的素材。如果说还有鸟类能与庄子的大鹏相比的话，恐怕也只有鹰了。没有鹰的天空，是呆痴的，单一的，平面的，不丰富，很寂寥，缺失生动生命的。没有鹰的天空，清澈的蓝天就没有庄严，也没有音乐，更缺少长风呼啸的磅礴壮景。

人们说到动物之最的时候，总是赞赏豹子的速度，鹰的眼睛。是的，鹰的眼睛不仅深邃威猛，而且锐利明亮，简直就是高倍数的望远镜和放大镜。它能在极高的高空发现地面上一条蛇游动和一只小老鼠奔跑的踪迹。所以，鹰只凭眼力捕猎。人们只要发现鹰在很高的高空起伏盘旋的时候，一定是它发现并锁定了猎捕的目标。然后以迅雷不及掩耳之势俯冲，一招中的，迅即又向下，放在地上，好像是在试试战利品的重量，然后才带走。它能很轻易带走鸡、鹅、鹤、野兔之类，但对小山羊、小绵羊，它就得先放在地上试试重量了。小鹿、小牛，鹰就带不动了，但它也照样猎捕，得手后当场喝血，然后再吃肉，吃饱喝足后，带点肉块回去喂小鹰，剩下的都毫不在乎地奉送给地上走的、天上飞的其他“朋友”。

再伟大的将军，也有打败仗的时候。有人亲见苍穹之王鹰猎捕时遇到了强劲的对手，最后弄得空手而归。冰雪覆盖山野，有的动物冬眠，有的动物储满供自己享用的食物，便不轻易出来觅食。鹰饿了，它的孩子也饿了。茫茫天地，哪里有猎捕的目标？这天，鹰飞到一座楼房的上空，发现楼上有一只带雏的白母鸽。它盘旋几圈，然后向楼房顶压下来，待它正要扑下去时，突然“呼呼啦啦”满天飞起密密麻麻的鸽子。人们从来没有见过这等场面，鸽子怎敢见到苍穹之王还不飞走，反而群起而包围之？鹰是苍穹之王，又岂会惧怕这些鸽子！只见它两翼平展，不停盘旋，双目凝视下方那只白鸽，它与楼房顶始终保持几十米的高度。就在鹰准备向白鸽俯冲扑击时，纵有上百只鸽子带着尖利的鸽哨声和“呼呼”的扇翅声，从鹰的背脊上一掠而过，还下了许多白色粪雨。鹰一惊，赶快猛抖翎毛，偏侧身体，倾斜双翼，向一旁躲闪。蓦然间，一大群接着一大群的鸽子，从另外的地方，一一冲杀过来，它们一会儿一冲而过，一会儿向上冲起，都能听到“呼呼啦啦”异常激烈的扇翅声。鹰王连忙紧收肚腹，猛攥双爪，狠提身躯，直往上飙升，然后用足力气，向鸽群逼压过去。它向着一群又一群鸽子“唰唰”地杀过来，又杀过去。而鸽群上、下，下、上；高、低，低、高；冲击，反冲击。虽然鸽群被鹰王冲击得满天乱扑腾，整个天空变成转着圈子飞旋的大旋流，可是无论鹰王怎么拼命左冲右突，上下翻飞，就是冲不散鸽子群。真是一员猛将难抵百万众兵啊！

谁也想不到会出现这样的局面，竟然有几只“胆大包天”的鸽子，盘旋飞翔于高空，然后直线往下坠落，轮番直端端地“砸”向鹰王的颈、背或翅。这个进攻既冒险又凶险。冒险的是鸽子的进攻，它们近身作战随时有可能被鹰王歼灭；凶险的是，鸽子的进攻一旦成功，鹰王的椎骨或翅膀就会立即脱臼，轻则“终身残废”，重则当场丧命。好在经过几个回合，互相只是咬掉一点点羽毛。砸而不中的鸽子们，大都直落下方，然后立即融入群体之中，飘然而去。而后又翻转身来飞上高空同其他鸽群汇合，继续轮流向鹰王发动进攻，或挑逗，或骚扰，让鹰无法集中目标捕捉其中一只鸽子。鹰王不停地猛冲、突击，结果总是如同快刀斩水，刀劈水分，刀收水合。真是以刀砍水水复流啊！看样子，鹰王有些力竭，行动也不如先前利落，好像哪里受伤了。这时它或许想，不要顾及苍穹之王的尊严，还是走吧！只听它一声狂啸，迅即冲天而起，猛蹿高空，瞬间消失在茫茫的天际之中。这场鹰鸽之战，让在场所有的人都惊呆了。

鹰在所有鸟类中，寿命是最长的。它悠悠40载，外加漫漫30年，一生也至古稀之年，接近中国人的平均寿命。鹰从来到这个世界开始，一直到40岁，日月婆娑，光阴荏苒，也跟人一样到了不惑之年。40年来鹰始终不停地翱翔、寻觅、搏击，它的容颜明显现出了衰老。往日锐利的喙，已长得长长的，都到了胸前，不用说捕猎，就是站在那儿撕咬已捕到的猎物都很困难。以前，它最厉害的搏击武器——爪，已不再锋利遒劲，因为其爪上已生出厚厚的角质。过去华丽的羽，也已变得层层密密，异常厚重，再也很难于蓝天翱翔。

在这生死抉择的关头，它难道要闭上双眼，任狂风吹，任烈日晒，就这样慢慢死去吗？生性雄强的鹰不干，自己本应活70年，而现在才活40年，如要再生，还能翱翔30年呢！鹰的性格不属于懦弱的一派。为了搏击长空，追逐太阳，它毅然决然飞回山崖之巅的巢穴，勇敢而坚定地直面死与痛的蜕变。它紧闭双眼，甩起头，将喙用力砸向坚硬的山岩。霎时，鲜血四溅。就这样一次次一天天，长得长长的笨拙的喙，全部粉碎、断裂，落下峭壁山崖，新生的喙经过一段时间后会与它青春时的一样锋利。然后，鹰再用新生的喙，猛力地啄爪上生出的厚厚趾片，将连着血肉的厚趾，一片一片撕扯下来，日复一日忍受着巨大的疼痛，终于一点一点把曾经铁靴般束缚它的角质，撕扯一尽。为了重上蓝天，它又忍受着巨大的痛，用锋利的爪，拼命撕扯身上沉重的羽毛，一根一根，将其全部拔光。这样的蜕变，前后整整熬过了五个月共150余天。经过这样的蜕变，鹰又换取了新生命，一如既往地独翔九霄不息，与万里蓝天为友，与变幻莫测的云彩为伴，依然所向披靡，威猛无敌于宇空，直到风烛残年。

苍穹之王的窝都有着王者气派。哪一座山峰傲睨宇空，哪一座山峰耸入云霄，哪里就是鹰的家。有人观察过，鹰选择做巢的地方都是山崖最高耸、最险要、最巍峨、最峻拔处。

鹰通常把巢建在两座山岩之间，在干燥而极陡峭的地方。鹰筑巢，是一个浩大的工程，它把巢建得如楼板一样厚。先用一些长达两米的小棍子架起来，小棍子两头着实在两边山崖壁上，中间横插一些柔软坚韧的树枝，然后再在上面铺上几层灯芯草、树枝之类。这样的窝有好几尺宽。也难怪，鹰展开双翅就有两米多宽啊！而且这种巢非常牢固、耐久，完全经得住鹰和它的妻儿。鹰窝上没有覆盖任何东西，只凭伸出的岩顶掩护着。雌鹰只下两三个蛋，它下的蛋都放在巢的中央。听说每孵一次要30天的工夫。而这几个蛋还不能完全孵化成雏，所以人们通常看到鹰窝里只有一两只雏鹰而极少见过一窝有三只的。

小鹰出世后，开始是光秃秃的，像两个肉团子，眨着眼，长着一身毛塌塌的羽毛。雏鹰长得非常快，几天前还是软耷耷瘫在窝里，站也站不起来的小东西，转过短短几天就变成目光炯炯、威风凛凛的小鹰。

长得快，吃得就多。小鹰总是向天空扬起脖子，把嘴张得大大的“叽儿叽儿”地叫。鹰爸鹰妈轮番出去捕食，仿佛工厂的工人接班一样。每天天刚麻麻亮，它们就匆匆冲上天空，在黑蒙蒙的群山上空盘旋，整天整天地睁大眼睛在山峦间大地上寻觅，每天天黑了才肯恋恋不舍地收翅回巢。它们为了自己的孩子，不停地和兔子搏杀，和毒蛇拼命，和山鸡斗智……捕猎是很危险的事，莫说毒蛇，就是兔子也不好抓。它们会和鹰捉迷藏，往荒草荆棘里钻。弄不好鹰的脖子和翅膀就会因此被撞折或撕裂。即使按倒了兔子，这东西也不好对付。稍有不慎，兔子那有力的四条腿，都可能使鹰肚破肠断。这就是所谓的“兔子蹬鹰”的杀手绝招。

而留在巢中守护小鹰的鹰爸或鹰妈，总是监督雏鹰站在崖壁边练习拍翅膀。自从小鹰翅膀上刚长出几片硬翎儿，鹰爸鹰妈就不允许它们过分玩要打闹，它们必须天天练拍翅膀。一天，两天，十天，半个月……天天练，吃饱了就练。倘有偷懒现象，老鹰就用铁凿子般的喙，用像钢板子般的翅膀，啄打它们的孩子。一只鹰如果没有钢铁般的翅膀，没有锥子般锐利的眼睛，没有锋利无比、强硬无比的爪，怎么有资格当苍穹之王！弱肉强食、适者生存是自然界的规则。不像咱们人类，王者可以世袭，可以有官二代、富二代，还有人可以通过行贿而平步青云，当上各类的“人王”。

因此，鹰爸鹰妈对小鹰的成长要求是非常严格的。一阵冰凉的雨腥气刚刚吹上山崖绝顶，蚕豆般的雨点就紧随着一声震裂大山的霹雳猛砸下来。炫目的闪电从低低的乌云中击开，像巨大蟒蛇吐出的芯子在山坡、山谷里乱舔。惊雷震魂荡魄，像千万斤重的铁锤，在岩石拱起的山脊上乱打乱敲。小鹰吓得直往鹰妈鹰爸的翅膀下钻。但鹰爸鹰妈绝对不让已经渐渐长大的小鹰再享受娇惯，它们要让自己的孩子敢于迎接暴风雨。连暴风雨都怕的鹰，还能叫鹰吗？还配得上“苍穹之王”的称号吗？

小鹰渐渐长大了，羽毛丰满了，鹰爸鹰妈就带着小鹰飞翔。小鹰夹在爸妈的中间，好像接受着护航。一会儿逆风飞，一会儿并拢翅膀直线下坠，一会儿又鼓动双翼直线上升。或者爸妈并排在前，小鹰并排在后，上升、下降、向左、向右，不停翻飞。到一定时候，鹰爸鹰妈又把小鹰翅膀上的羽毛一根根咬断，让羽毛重新长起来，这样的羽毛会比原来的坚硬10倍。然后再把两只小鹰推出悬崖绝壁，让它在峡谷飞翔，迎着狂风搏击。从此拒绝它们回窝了。经不起风浪，不能独立猎捕，小鹰就会死去；反之，就能生存下来，成为真正的苍穹之王。

王者就是王者，连鹰的死都与众不同。不像我们人类，有的人当了大官，不仅活着要轰轰烈烈，死了也要风风光光。有的人活着靠受贿，被人养得脑满肠肥，家里金山银山；死了也不放过大家，儿女大摆宴席，再行受贿，然后用豪华轿车，排成长长的队伍，为灵柩送行。而鹰呢？它们活着总是靠自己的力量捕食，不让“子民行贿上贡”。它们死时，也不让子女和别的鸟类“行贿”送行。它们自己悄悄地离开窝巢，向远处飞去，飞去，在那荡荡的天宇中，一次又一次地冲击，直到耗尽精神和力量，然后突然收拢巨大的翅膀，如箭一样向下直射，扎进瀑布冲泄的深潭或悬崖绝壁下的深海。水深得连羽毛都无法浮起来的水域，就是苍穹之王最后的归宿。“质本洁来还洁去”，鹰自然、悄悄、寂静地死去，但留给世人心中的肃穆、崇敬和壮烈之情却永远难以消失。

当然，鹰也有年纪轻轻就死去了的，那是被枪打死的。丹麦作家彭托皮丹记录下了这样一只鹰的故事：一个牧师收养了一只雏鹰，悉心照料它。这只小鹰就像童话故事中的丑小鸭一样，在嘎嘎叫的鸭子、咯咯叫的母鸡和咩咩叫的绵羊中间长大。它的翅膀被修剪得很漂亮，平常的日子就在路面上摇摇晃晃地走动。它的天性渐渐丧失了，它这个被囚禁的天之骄子已不觉得天空是它的天堂。只是在起风的日子或雷雨到来之前，内心会显现出一点对天空朦胧的渴望。有时它突然张开翅膀，勇猛地冲向天空，像是要永远拥抱蓝天了。可是这种时间总是很短，因为它很快就回到了地上，然后像平常一样摇摇晃晃漫步于院中的其他家禽之间。

小鹰渐渐长大了，可天性终究没有全部丧失。忽一日，伴随一声快乐、野性的尖叫，它扶摇而上，向着苍穹越飞越高，飘然陶醉于广阔的天空和自己翅膀的力量。可是，平凡的日子它过得太久了，面对浩渺的虚空，它害怕了。它觉得孤独，又感到翅膀沉重、筋疲力尽。它想搜寻可以歇息的地方，但是找不到任何一处庇护之所。

当晚霞的薄雾笼罩峡谷和山峰时，预示着风暴和暗夜的来临。这只鹰或许因经不起高天狂风的吹打和宇空寒冷的侵袭而感到恐惧，又或许因它想起了温暖、舒适的家禽小院而感到孤独，于是它竟然无声地鼓起翅膀，偷偷地回去了。它被宇空的孤独和恐惧压迫着、驱赶着，迅速而急切地往回飞。它被家禽院平庸温暖的渴望所牵引，经过一夜执拗不息的飞翔，第二天早上就飞回到牧师住宅的上空。盘旋了一会儿，它正欲下落时，灭顶之灾来临了。一个雇工发现了它，拿出了枪。只听一声枪响，“天空中飘荡着一些羽毛，死鹰就像石头一样笔直地落在了粪堆上”，这只鹰死了。

自然界的鹰无法明白这只鹰死于何因。但听到这个故事的人们却无法平静：丧失自己，是要酿成悲剧的；改伟大而变平庸，就等于死亡；不是同类，绝对不能相容；有飞翔的心，还要有坚持的精神，才会有飞翔的成功；与平庸为伍，丢失的只有自己，死亡的也只有自己。

更多的时候鹰是碧血染“沙场”。有一个人说过这样一个他亲身经历的故事：一只鹰想去偷鸡，被一个农民设计精巧的钢丝笼囚住了。农民就用钢丝捆住鹰的双腿，拿到集市上卖。他碰到一位动物保护者，那人出了钱把鹰买下来。动物保护者立即心疼地松开鹰腿上绑的钢丝。就在刚解开鹰腿上的钢丝时，来了一个山民，他背了两篓野毒蛇。一个小孩好奇，把卖蛇人背后的一个篓子门打开了，一条拐棍粗的竹叶青游出竹篓，顺着少年的手背缠上手臂。眼尖的人们齐声惊呼，出自本能的骇异，人群“哗”的一声散开。

就在这一刹那，一只鸟奋身扑向正要游向少年颈处的毒蛇，牢牢擒住蛇身，迅速地盘升空中。人们抬头望去，擒蛇的鸟正是动物保护者刚买到的那只鹰。猎鹰越飞越高，直到消失在人们的视线中时，飞到高空的鹰，爪子一松，毒蛇被扔了下来，摔在人群不远处的青石板街上，顿时断成数截。而那只鹰呢？人们仰望天空，热烈地欢呼，惊喜地跳跃。可是不一会儿他们从天空中看到，刚才那只英勇的鹰并没有飞走，只是如纸片一般飘飘摇摇地下坠，越坠越低，最终跌落到人们的脚下，气力用绝而死。按理说强健的鹰是不会因一次飞向高空而气绝死去的。空中霸主怎会如此脆弱，大概是饥饿的时间太长，两腿被钢丝捆绑得太过分，再加上囚禁时被折腾得太厉害，也可能它在空中被毒蛇咬中，中毒而亡。

古人云，瓦罐不离井上破，将军难免阵中亡。再勇猛无敌的将军，也难免血染沙场。他们虽不能善终百年，可战场是他们乐而忘返的舞台。高尔基写过一篇苍鹰和黄颔蛇的故事。一只鹰在激战中不幸身负重伤，摔落在海边的峡谷。它正意识到死亡的逼近，但回顾平生，却感到一种由衷的欣慰："我痛快地活过了！……我懂得幸福！……我也勇敢地战斗过！……我看见过天空……"临死时，鹰还在抖动翅膀，看峡谷和蓝天。而黄颔蛇无法理解濒临死境还那样酷爱天空的鹰。鹰对于天空的热爱和对于"战斗"生涯的憧憬，在它看来未免愚蠢可笑："无论飞也好，爬也好，结局只有一个：大家都要躺在地里，大家都要做尘土！……"

黄颔蛇永远不知道，在地上爬的永远也飞不起来；故而它也不知道，飞翔于宇空的自由、富有和豪迈。黄颔蛇虽然能安享天年，但一生只配仰视鹰却做不了鹰的姿态；它永远也不能拥有如鹰般荡气回肠、精彩壮丽的生命诗章。

高尔基用诗的语言赞扬鹰说："啊，勇敢的鹰，在和敌人的战斗中，你流尽了血。但是，将来总有一天，你那一点一滴的热血将像火花似的，在黑暗的生活中发光。许多勇敢的心，将被自由、光明的狂热的渴望燃烧起来。你就死去吧。但是，在精神刚强的勇士们的歌曲里，你将是生动的模范，是追求自由、光明的号召。”

是啊！鹰的血液中涌动着一种永远向上的奋进力量。它以洞察世界的目光，俯瞰着迷茫、困惑、慵懒的芸芸众生；它深深地为一切失去生活本能的灵魂和可怜的没落而悲哀；它直射苍穹如一支疾箭，它从万米高空俯冲而下，又似灰色闪电，一声长唳，使山鸣谷应，那百折不回的气势，仿佛天地都为之屏息，给人多少生生不息的精魂；它始终以一种亘古不变的高度，保持着它不屈的斗志，它连在巍峨巨峰上休息都保持直冲云霄的姿势。

从这一切中，我看到鹰的不朽精神，燃烧着的不死的激情，不屈的傲骨和生命的光芒。

谁能够让你站起来

张秀超

年来到的时候，哥哥患了不治之症的独生儿子，没有迈过这个年轮，青春的生命水流花落般飘逝而去了。一家人惧怕的那道关山，就这样忽地横在眼前了，那个可怕的结果就这样铁骑突出刀枪鸣了：那个水葱般鲜活的生命就变成了包裹在白布片里的一具尸骸了！

死丧在外的亡人，是不能够回到村子里再看上一眼了。不到20岁，早夭了的孩子，是进不了祖坟的。就在寒冬的暮霭里，我们把孩子装殓进一口杨木棺材里，埋入村外鸡冠山脚下哥哥家种胡萝卜的地里，一个新新的土丘，就那么突兀地耸立在萧瑟寒凉的黑土地上了。哥哥添上最后一把土，他拍打着那土堆，对他的孩子说："你别怕，我很快就来陪你！"

哥哥的话，如卷着沙粒的风，在苍凉的大地上低走，凄切，沙哑，拉心拉肝……

二

自从儿子走进医院，自从那一张张化验单如一扇扇黑漆漆的铁门，关闭了儿子通往生之路的那一刻起，哥哥就如一个物件，在骤然而起的风暴中旋转、飘荡。现在，风暴过去了，他落在地上，如被大风洗劫撕裂的一个空口袋，他已经不是那个他了。他年不过半百，可是胡子、头发都白了，他高大魁伟的身子，如遭了雷击的老树，枯干委顿，一副老迈之相。

佛说苦海无边。苦难的人生，要过许多的坎。哥哥的一生迈过了无数的坎，这个坎，他能迈过去吗？也就是说，哥哥的日子，还有明天吗？哥哥还能在这个灾难后，往前再走上一程吗？

似乎，总有一种预感，哥哥的命，也要随着萝卜地里的那个土丘，画上句号。

哥哥的好多举动，都似在做着了结或告别的准备。

院后有两棵大杨树，他对我们说："这树能打两口棺材，一口就盛殓我，一口给孩子他妈。"

他让我给他拍一张照片，不在屋前，也不在树下，他要在没有任何物件的空地拍照。我们老家有风俗，人死后，要在棺材上摆一张不带任何东西的相片，然后带走。那照片收进什么都不好，阴阳不清。

三

办完丧事回城的时候，哥哥给我一个小木匣，他说："你带上吧，对你或许有点用。"

他曾说，他这一辈子，经了别人几辈子都没经的事，等闲了的时候，抽空把这几十年过往的一些事情写下来，给我提供一些写作的材料，可是一直没有空闲，他零零星星地写下一些，让我拿回去看看。

我回家后，打开那个木匣，里边是一些碎纸片，有包烟卷的锡纸，有孩子作业本子写了字的背面，有灰白色的包装纸，还有的是医院的处方签……上边是铅笔字或是黑色墨字，有多有少，少的几行，多的写满了一片纸张。

我读着这纸片上的文字，有时候从字缝里听到的声音，有浪涛拍岸的豪迈高亢；有时候听到的声音，又像是秋后荒野上的猩猩草，在风中瑟瑟颤响；有的时候，我也从那字的空间听到愤怒而悲壮的吼喊："去你妈的吧，老子干不过你，也不再跟你滚下去了，老子不奉陪了！"

哥哥在文字中，在回念他的命，回想他如何勇士般与命做殊死搏斗，他在悠长的命途中，屡战屡败，屡败屡战，可灾与难总像泛滥的水浪头，气势汹汹，生生不息。总之是说命欺辱了他，命是个嫌贫爱富、欺软怕硬的东西……

看着这些纸片，我总是泪水潸潸，哀伤总像烟云一样缭绕在心空。

四

是啊，命与哥哥，真的像是一对打上火的冤家对头，没有给过他一丝喘息的余地。

哥哥命运的小舟，搁浅在生命河流中，是从那个夏日的傍晚开始的。

那个夜晚，闷热，一家人坐在黄瓜架下歇凉。在30里外的镇子上读书的哥哥，身背牛毛毡子卷着的花被子，走进院门，把行李扔在地上，哭了。半晌，家里人才知道发生了什么事情，因为我大娘的历史问题，哥哥不能够升学读书了。

我年过半百的大伯找了个老伴，也就是我大娘，她嫁过五个男人，这男人中有的是地主，还有一个与土匪有瓜葛。

我大娘这个时候也在我们家的黄瓜架下，她捣着烙铁尖一样的小脚，哭喊着："快让我死了吧，我死八个死我活该，我咋能祸害人家孩子。"她奔院外的水井跑去，人们把她拉住。大娘的哭声像被风刮碎的猫的号叫，尖锐，凄厉、哀伤……

此后，无论我们家想了啥法子托人求情，任凭大娘怎样四处去诉说哀告，哥哥都没有能够再回学校读书。

哥哥是块读书的料子，他是我们那个沟里唯一念到山外去的人，他喜欢古文，喜欢读文学书，还喜欢写文章，他梦想着将来到大地方去读大学。可他的读书梦就这样被中断了。

十几岁的哥哥回村种地了。

哥哥还没有长成，却走在一群粗壮的男人中了，他拿锄头耪地，力气不够，翻出的新鲜土，一段一段的，中间不连通。管工的说他偷工留门槛，为此，大人挣七个工分，给他三个工分。死热荒天，从早到晚，他不比别人晚下地一刻，也不能够比别人早收工一时，可挣的工分不到别人的一半。

他上坝打草，那比他胳膊还长的刀，捆绑在比他两个人还长的木杆子上，在苍茫的草趟子里，哥哥手里的钐刀直打晃，就是不敢甩开胳膊去打草，他怕一动手，草没有撂倒，先把自己从脚根底下撂倒。爸爸蹲在飘摇的草趟子里哭了，哥哥也哭了。可是，哭过后，哥哥还是要拿那摇摇颤颤的钐刀，学着左右开弓，去撂倒那蓬蓬勃勃直蔓延到天边的苍茫的草。

即使是这样严酷的现实，也没有让哥哥心里的梦幻世界彻底地荒芜坍塌。

就在草场的野地上，在用桦木杆子支起的人字架窝棚里，哥哥的牛毛毡子下，还放着《红楼梦》《三国演义》。他在草丛中看到，火苗样的胭脂花，小树一样好看的草，他都爱惜地采起来，夹在书里。他用白草编巴掌大的蝈蝈笼子，装上绿绿的蝈蝈。他还用金黄的桦皮做成小桦皮篓，采摘山麻子、面果子、山丁子等野果，让羊倌给我们捎回家。哥哥唯美浪漫的心性，让他觉得天也广、地也阔的世界，不能够没有好的人生；眼下只是个瞬间，是个过门，生活总会有好日子的。

他的好日子真的是说来就来了！

那年，队里抽苦力，到外边去筑路修桥，哥哥被派去了。

不想，哥哥怀着幽暗的心境，竟然梦游般步入花红柳绿的人生境地。

那个工地的人来自四面八方，人多气势也好，什么都不缺，就是缺能舞文弄墨的人，哥哥能写爱画的才能，在这里得到了充分的展示。哥哥在水泥杆子上刷标语，在板报上写美术字，大喇叭里广播他写的稿子，报纸上也登他写的文字，他成为那个工地上很有名气的才子。

后来，我看到哥哥用装石灰的牛皮纸袋子剪裁的本子上，粘贴着他那个时候发表在报纸上的文字、画作等。

他从这里看到生活灿烂的曙光。他还在这儿找到了爱情，在住地的村庄，有个俊美的姑娘爱上了他。

可这一切都随着那工程的结束，宣告灭亡。

那条路修好了，桥铺上了，工地要转移，工地管事的要带上哥哥，可是我们家乡的人说什么都不放，非要把哥哥带回来不可。那个姑娘要死要活，非哥哥不嫁，可是那姑娘的父母在与我们这里去的人见了一面后，说什么都不让女儿嫁哥哥了。

哥哥又回到了原来的日子，不，要比原来的生活还要惨淡，哥哥被打发到坝上深山老林去拖木头了。

哥哥无法与强大的身外势头抗争，可是在婚姻上，他无论如何都不想妥协，他说，就是一辈子一个人过，也不能找个没有爱情的人凑合。

哥哥的才气和人样子，让村里好几个姑娘心生爱意，可她们都在父母的呵斥下，哭哭啼啼地嫁了他人。

一直到他快要30岁的时候，哥哥才在父母的劝说下与一位不识一个字又患过大病的人结了婚，婚后五年才有了儿子。

做了父亲的哥哥，也迎来了春风拂煦的好时光，哥哥人生的小舟，在这个时候才挂起帆，起了航。他经营着分在自己名下的责任田，农闲的时候，做买卖，供儿子读了大学。孩子大学毕业后，他给儿子买了车，搞起了货物运输。哥哥不止一次在喝过几盅酒后，演讲一样说——人，到什么时候，都不能够丢失对日子的信心。他对自己多年在那样的岁月里没有对生活失去信心，感到无比自豪。

可是，他怎么也想不到，致命的灾难又向他袭来了……

那个噩耗霹雳一样，炸响在我们的头顶：哥哥那一米八的大个子、英俊仁义的儿子，患了不治之症。哥哥不吃，不喝，不睡，他眼睛盯住一个地方，许久不挪窝，似乎要看穿那地心的深处，看那黄泉路是往哪个方向伸展，也像是在发狠地寻找什么，要与什么来个鱼死网破……

那天夜里，哥哥瘫坐在医院冰凉的地板上，对我说："孩子的病是基因的问题，孩子的妈，是得过大病的……"

我知道，在这样无望的时刻，哥哥又在回望他苍凉的命了……

独生子，是哥哥的命，他活了几十年，风风雨雨，从生活那里，只得到这一枚可以给予他慰藉的果实。可是，命运，又这样如强盗一样，不眨眼地从他的手中掠夺走了。

哥哥成了一个空壳，他没有了依托，没有了指向……

五

哥哥的生命交响曲，是到曲终人散的时候了！

从乡下回到城里，我一直还觉得有什么事情，隐隐地等在前边，让我的心虚悬着，我总觉得哥哥是活不过去了。我时刻在想，哥哥会采取什么方式自行了结呢？还是如一垛浸泡在水中的土墙，在哀伤的侵蚀中，哪一刻轰然倒塌。

我总是提心吊胆地度着日子，不断地从亲友们的口中，打探着哥哥的状况。

家里人来信说，哥哥总是不能够平静下来，他总是在家乡的山上不停地游走，每到黄昏的时候，他就到儿子的坟前，抽烟，坐着。

后来，人们告诉我说，他走到外边去了。

临走，他把家里的大红马撒到坝上马场，他对放马的人说："到秋我来抓马就给你工钱，如若我不来，这匹马就是你的了。"

他到曾打过草、栽过树的山上住了两天，到拖过木头的林子里走了一遭，还到他放了一年马的叫"大甸子"的地方待了几天。又有人说，他还到他当年修路筑桥的那个地方看了看。

人们说他是去收他的脚印了。

乡里老人说，人在要离开人世的时候，要把他走过的路再走上一遍，把撒下的脚印收回来带走。

哥哥是去与过往的日子告别了？

哥哥不怕什么了，不怕疼痛，不怕揭开什么，如同打破了的盆子，任里边的水肆意漫延。

我知道，在哥哥的心目中，有些地方和人，是不敢对视的。

他对早年的恋情和那生发恋情的地方，是从不提起的。我曾多次问过他当年的事情，他都支支吾吾地不肯说。

几年前，我在电视台搞新闻的时候，报道一条高速公路的开工仪式，在那仪式上炸毁了一座老桥，而后要在那桥基上建与高速公路匹配的富有现代气息的新桥。

哥哥看后，第二天就来找我，问我能不能把这个节目给他录一份，他要留个纪念。这个时候，我才知道那座拆掉的旧桥，就是哥哥当年建的那座桥。

那次，哥哥给了我一张照片，是他与那个姑娘的合照，他说："再去那里你把它烧了吧。"

后来，我又去了那个地方。让我想不到的是，那个村里稍有点年纪的人，没有一个不知道那个姑娘与哥哥恋爱的事，甚至有个老太太告诉我，他们俩把一个树林子里的树叶子都撸光了。

这让我惊讶万分，哥哥在那样的年月，谈了一场怎样的恋爱！

那村子的人说，当年姑娘的家人不让她嫁哥哥，后来给她找了个人家，可嫁过去不到几年，那姑娘就死了。

我没有烧掉那张照片，至今，这照片还留在我的书柜里。

侄子出事后，我不止一次看这照片，那是哥哥最美好的日子，也是他最美好的一张照片。那个姑娘扎两条油黑的大辫子，羞涩地笑着，紧挨在哥哥身边。哥哥比那姑娘高一头，他身穿黑裤子、白褂子，黑亮的短发，浓眉大眼，一副英武的样子，猛不丁看是那么美妙，可是细一看，就让人异常辛酸。哥哥的白褂子，两个衽襟一边长一边短，伸展不开的死褶子是那么明显，哥哥说那是打石头压的，又没有别的可换的衣服……只有穿它照了这一张照片，那无法抚平的褶皱，就如哥哥怎么也伸展不开的日子。

六

哥哥这样的游走，让我们恐慌，似乎有什么可怕的事情，就要降临。

我们要想点办法。

我捎信让哥哥到我这儿来待几天。

那年，哥哥来城里，正遇上大雪，班车不通了，他在我家待了一天。这一天他不知道怎么过好，我要出去给他买几件衣服。他说哪儿都不去，要趁这难得的一天，看看我的书。我的书房里有数以千计的藏书，哥哥爱惜得不得了。他从书架上一本本拿，似乎不知道拿什么好，季羡林的《牛棚杂记》《我的人生感悟》，史铁生的《好运设计》，贾平凹的《我是农民》《秦腔》，余华的《活着》，王蒙的《我的人生哲学》……"真是好，我们那个时候，可没有这么多好书，我多少年没顾上看这么好的书了！"他不住地翻动着《贾平凹谈人生》《我是农民》感叹："你看看人家写了这么多！人家这一辈子活的！”我不敢接他的话……我知道他内心的痛。

他对一套书产生了极大的兴趣，那是一套有点传记性质的作家丛书《我是王蒙》《我是从维熙》《我是冯骥才》《我是蒋子龙》……我给他包上，让他拿回家去读，可临走的时候，他还是放下了，他说回去没有时间看，也没有地方摆，怕把书弄脏了。

此后，我在书房里，望着琳琅的书，总想到哥哥，我的心总像被什么击打着，心生一种疼痛甚至是负罪感。哥哥自小就爱书如命，我还在上小学的时候，就从他那里看《红岩》《钢铁是怎样炼成的》《林海雪原》。我到今天都纳闷，在我们那穷乡僻壤的小山村，在那样的岁月，哥哥是以多么大的热情，是从什么渠道弄来那样多的书？我之所以能够喜爱上文学，走上创作的道路，是受哥哥的启蒙。我难以想象，若是没有哥哥，我会不会走上写作这条路……

哥哥与我一同生活在那个小山村，我们有着同样的梦想。哥哥在那样的年代，就因为一个荒唐透顶的理由，被粗暴地断送了一切。

我也从那个小山村出发，一路走来，一道道大门，轰然敞开，在春风中远行，写了那么多的文字，曾登上这样那样的领奖台。

一次次面对着媒体的访问，你是怎么走的？我扪心自问，常常热泪盈眶……

我是怎么走的？这是我走的吗？这仅仅是我自己走的吗？

如果没有这样的好时代，纵然是有天大的才能，我能够走到今天吗？

七

我想让哥哥来城里走走，看看书，或许心情会好起来。

哥哥没有来。

他给我捎来信，让我帮他找一个小女孩和一个北京出租车司机的电话或者是地址。

哥哥说的小女孩，是一个也患了跟我侄子一样的绝症的女人的孩子。那个女人浑身肿胀，眼睛肿得只能闪开一条细缝，坐起来都困难，可她还在给女儿做布娃娃。她说她13岁就没了妈，女儿才7岁，她要给孩子做6个布娃娃，陪伴女儿到13岁，她就能够自己照顾自己了。她每天都给女儿扎十几条小辫子，孩子满脑袋都是小辫子，很可爱。

那天早上，她给孩子扎小辫，她对我们说，她死后就没有人给女孩扎辫子了。她说："要不是女儿，我早走了，就是放不下她，我得给她找个地方……"我们问她家里的人，她说没有别人，只有我们娘儿俩……

那天晚上，那个女人，就被推到太平间去了。

哥哥说的那个司机，是在去北京求医的时候认识的。那天，我们去郊区的一个中医药店，那家的老中医说能够治侄子的病，给开了方子。哥哥拿这个方子，就像抓住了儿子的命，他怕抓过了药，人家把方子留下，他手拿那个药方，没有去柜台取药，而是疯狂地跑出来，也不管天呀地呀的什么地方。他竟然出门按到一辆出租车的前脸，手哆嗦着抄那个药方子。司机先还敲玻璃，后来就不再敲了，容哥哥抄完了那天书一般的字。

买了药，乘了这个师傅的车奔车站，师傅知道我们是为患重病的孩子来求医的，送到车站是48元钱，师傅说什么也不要车钱，说就算他给孩子买点吃的吧，这让我和哥哥很感动。

现在，哥哥忽然问起这两个人的地址，不知哥哥要做什么。

八

我觉得再也不能够这样逃避了，我决定回去看看。

大半年里，我提心吊胆地眺望着哥哥，也在设法拯救着我自己。自从侄子得了病，我就同哥哥一起，为挽救年轻的生命东奔西走，备受煎熬。事情过去，我身心疲惫至极。

更可怕的是，我的精神，遭遇到从来没有过的危机。

我的神经似乎比纤丝还细弱！

我的心似乎比春天的冰凌还要薄脆。

每到夕阳西下的黄昏，我站在阳台上，望着山顶那一点快要掉到山后去的霞光，我会忽然泪流满面。我的心好像没有一个地方存放了，没有地方投奔了，我不知道我思念谁，我不知道该到哪里去。

我从来不知道心病了是怎么个状态，这个时候我知道这样要比身病更可怕，更痛苦！

论说，走了那么远的路，读了那么多的书，写了那么多的文字，不该被一个事件打击成这个样子。

我想，这或许不是一日之功了。只是多年里，总是匆匆忙忙的，像那跑道上的运动员，双眼盯着前方奔跑，无暇观望身边或者脚下，忽然被路障绊倒在地，没有任何准备，忽然走到那样的地方，看到那么多鲜活的生命，在病的魔爪下，水泡一样消失。

就如梦游一样，到叫“生死边界”的那个地方看了一眼，到叫“人生尽头”的地方摸了一把。

这让我对来自生命本位的思索，感到深沉而又滞重。

这让我的灵魂总在远方孤独地游走，如一粒沙，在大漠中呼号！我一时融入不了眼前的日子。

若在以往，每到心态不好时，我就会收拾行装，回老家去，在那山山岭岭走走就好了，我的许多关坎都是这样渡过去的。可是这次不行，我不敢回去！那座新坟压在我的心头，故土成为悲伤的源头！

可是，我还是要回去了。

九

这是秋天的时光。

我在村外下了车，迈过清清的白水河，远远地，我看到那片埋葬着侄子的胡萝卜地里，在那地界边上停着一辆马车，车的一旁有一匹大黄马和一匹小马驹在吃草。

脚下碧绿的胡萝卜缨，油绿油绿的秧苗散散落落的，如一棵棵飘摇的小树，蓬勃而妖娆。就在那胡萝卜地的中央，兀然耸立起一大片向日葵，那葵花金黄金黄的，像无数光芒四射的太阳，悬挂在天地之间。走近葵花丛中，看到了侄子的坟丘。不，那不能说是坟丘，因为那高大的土堆上，你见不到一丝的沙土，从上到下一圈圈地摆满了红红的胡萝卜，坟前还有扫帚梅、夹竹桃、蚂蚱菜等，盛开绽放。

坟顶上几支点燃的香烟，飘绕着丝丝缕缕乳白色的烟雾。这是葵花护卫着的一座城堡，侄子的坟丘，就像一座金碧辉煌的宫殿，那烟雾就像炊烟，主人正在殿里，燃起炊烟，在烧制美味的晚餐……

我如梦如幻！

正四下张望，葵花林一阵簌簌颤响，是哥哥走进来了。

他见了我，有些吃惊。

“你看，这好吗？”哥哥指着侄子的坟说。

我惊愣着，不知说啥……

“你知道，这孩子活着的时候，就爱看花，我让他天天能闻到花香。

“他爱吃新出土的嫩胡萝卜，明儿要起胡萝卜了，我先给他起了些放在那儿。

“他爱抽烟，活着时，我没少为这骂他，今儿，让他抽个够。”

我看哥哥虽有些苍老，可精神却是好的。

十

“你……可好……吗……”我望着哥哥，问他。

“我，过来了。”

哥哥坐在地上，卷了支纸烟，抽着烟对我说：

“我知道你惦记我，怕我活不下去。年初的时候，我真的是觉得过不去了。家里的地种上，都没有办法往回收拾。咱家的汽车是你侄子开，我摆弄不了，我咋想都觉着没有活路。家里的马，我也没有心思喂养它们，把它们撒到坝上，我都不知道我还能不能去牵它们。

“可以后，我日日到山上走走，同埋在地里的先人们说说话，咱这山里安歇的先人，一辈辈的，老的少的，男的女的，谁不是山一路水一路地走过来的，做了他们该做能做的事，安安然然地走了。想想他们，就觉得咋都得往前走！

“我又出去走了走，往后看看，那掌管不了自己的日子，一步步都是沟坎，可也过来了。可往前看看到处都热气腾腾的，人人都在好日月里往前奔，我不该就这样了结……

“这不，要收胡萝卜了，人家都用卡车拉胡萝卜去卖，我开不了汽车，我想就拴马车拉胡萝卜吧。昨儿，我去坝上抓马，大半年不见，大马还下了匹小马驹，明年就能拉犁了。”

哥哥说，秋收后，他要去找那个死了母亲的小女孩。他说，他非要见见那个孩子不可，若孩子需要，他要帮助那个孩子。

他说，那个出租车司机，他一定要去看看。那个司机在路上说过，我们这里的小米子好吃，他特意种了二亩地的小米，要给他送点新鲜米去。

哥哥正说着，一匹枣红色的小马驹撒着欢儿跑过来。

哥哥扔掉烟头，他说："不说了，我去牵马，咱回家。"

十一

我什么也说不出来了，我木木地站在那儿，一时，似乎不知身在何处，不知谁人在与我说话。

活过来了！

出产着五谷、埋葬着先人尸骨的故土，劝慰了哥哥……

流淌着血泪，埋葬着哥哥华年的脚印，警醒了哥哥……

哥哥是在告别中，寻找到了活下去的力量！

我这个时候才觉得，哥哥在那灾难的旋涡中飘转的时候，他就已经开始打量了。灾难，降临在那么多家庭，那看上去如草如蚁的平凡的人们，都把那灾难踩在脚下，往前赶路了。没有一个门庭在那灾难的淫威下全军覆没。

看到这点，人性的凌厉就开始昂起头颅了！

是的，我记得，那个扎一脑袋小辫子的女孩，握着妈妈已经僵硬的手，撕心裂肺地哭喊。哥哥抱起那孩子，满脸泪水，当一个中年女人抱走孩子时，哥哥让我一定记下那女人的地址和电话。

那个时候，哥哥已经从自身的苦难中，开眼看别人的苦难。

“生命的顶峰是对生命本身的理解！”是生活本身，给了哥哥站起来的力量！

十二

我的心胸中，有一股热流，犹如春天薄冰下的水流，在喧嚣涌动。

我只觉幽暗的心里，堵塞着的什么，坍塌了，“哗”地闪开了一条通路，一下明媚起来。

我跪在松软的沙地上，捧起一把热热的土，泪如泉涌……

长满苔藓的石头

胡烟

我相信，每个人都从水里来。这并不是一个谬论。白天，穿好装束，迎着太阳，闲庭信步做着一些光明正大的事情。夜晚，我说的是那些澄澈的夜晚，我们还要回到水里。我们先是踩着一条幽秘的小径，安安静静地消失在丛林里。穿过草木深处的甬道，那里别有洞天。那是一个水底下的世界，那里有无法言说的复杂、神秘、柔软，有我们不熟悉的花花草草、鸟兽虫鱼，那是一个令人感到熟悉而又陌生的世界。在那里，我们以为我们离开了空气会窒息，然而一点也没有，我们不言不语，从容而坦然。

遗憾的是，越过白天明晃晃的时空，城市的夜晚，难免太过喧嚣。霓虹灯耀眼，重金属音乐，经常迷惑、拖延着我们的身心，饭局上的觥筹交错，又似乎让彼此迷醉，好像回到水底这件事，变得不是那么经常而且必需。然而，说到底，我们终究是要回去的。那些到海岛休闲的游人，最渴望的体验便是潜水，有什么能推翻这一规律呢？现实残酷，水底温柔。

我经常回到我的水底世界。那应该是在一个森林深处的湖泊中央。夜幕越来越深的时候，我来到湖边，抓住记忆的缆绳，屏住呼吸，沿着水面，下沉，再下沉，终于抵达了属于我的领地。舞动的水草，都是我喜欢的样子，它们不管夜有多深，都翩翩起舞，毫无睡意。水里的舞蹈，没有一丁点声响。满眼的淡绿色或者淡蓝色，静音的模式，让我的脸不戴面具，让我的心干净得没有一点迷蒙。

夜晚，我回到我的水底世界，最常做的事，是一一端详着我那些形状各异的石头。我的水底世界里，停泊着一颗颗石头，大小不一，有的陈旧，也有新生的。苔藓正在它们身上安家。那几块老一点的大石头，已经绿得毛茸茸，看不出石头起初的纹路。然而，我的记忆却清晰得像草原夜空升起的月亮，光照着大地上的一切——我记得每一块石头的来历，必须记得。每一块石头，都是我生命中不可复制的过往。每一颗都无可替代。

那块最老的石头，绿苔藓已经变得草黄，似乎也要跟着石头一起老去了。那是我家胡同深处养兔子的老弓奶奶。由于她老伴驼背，所以被我们小孩称作“老弓爷爷”。她自然成了老弓奶奶。老弓奶奶是个小脚老太太，夏天经常一手摇着蒲扇，一手扶墙，颤颤巍巍地从胡同里出来。我妈在胡同口补网，她就坐着小马扎，帮着我妈缠梭子。一边谈天说地一边缠梭子，满眼的笑。我放学后，到老弓奶奶家看兔子，给兔子喂食。

那是个星期天，我们正吃午饭，听说老弓奶奶不行了。我爸急忙奔过去。直到晚上，听说老弓奶奶走了。我一直注意聆听着胡同深处的声音，没有哭声。原因是老弓奶奶太老了，随时就要走的，好像熟透了的苹果落在了草丛里，没有一点声响。

老弓奶奶就这么消失了，没有痕迹，安静得让我经常忘记这一点。傍晚放学回到家，我经常疑惑着，老弓奶奶怎么没出来乘凉了？哦，她走了。那时候，我还不知道死亡是什么。死亡到底是什么？死亡的人去了哪里？死亡并不是消失。比如，白天你看不见她，但在水底世界，她明明白白地在那里。我的这个念头偶然掠过她的白天，延伸到深夜，我就在我的水底发现了她。她安静地卧着，一动不动，任凭苔藓在她身上生根。随着时光的生长，她也慢慢长大——她真的变成一块石头。每次回到水底，我得往深处走，走得越深，碰到她的概率就越大。我会蹲在她旁边，轻轻地端详她，聊上几句闲话。通常是，她默不作声。我在近旁守着，能感受到她散发出的温和的热。坐久了，那种宁静的心绪会蔓延，蔓延到我浮出水面，蔓延到我白天的走路吃饭和上班，都以一颗温和的心面对事物。这就是夜晚对人的影响。

逝去的人，生命远不止消逝。他们以各种生命形态存在于我们周围。白天，炽烈的阳光让我们近乎失明。夜晚，他们成为精灵四处游走。其实我想说，那些逝去的生命，他们所占的比例，仅仅是我水底世界的很小一部分。

每个人都有不止一个自我。每个人的水底世界，角色相互交错。如果说我跟那些沉寂的石头是隔水相望，那么现实中，我跟他或者她，是隔着什么？人与人之间，远远不止时空的相互疏离。那些被称作隔膜的东西，究竟来自现实世界的哪层因子？我时常游走于白天与黑夜之间，寻找更加接近真理的答案。

我的石头是有性别的。那块青色的巨石，已经长得像假山一样高了。毛茸茸的苔藓，暴露了他的年龄。虽说他岿然不动，却依然难掩俊美的身形。这是一块重要的石头。他曾在我的现实世界中举足轻重，他曾经是我生活的全部。年轻的时候，他让我的天空蔚蓝，让我的海洋辽阔。他是我青春的代名词。坦白地说，他是我的前任男友。曾经的山盟海誓司空见惯的脆弱，早就不值一提了。分手之后，我几乎是不假思索地将他从地面藏到了水底。不然，还能怎么办？此刻，或许他享受着他那个世界的阳光，然而，在我的世界里，他已然享受不到了。他沉寂在水里，跟周围的石头不相往来。若不是苔藓的覆盖，他一定沉寂得快要发霉。从某一角度说，我的这种做法有点武断，像是摆出了决绝的姿态。在我心里，我还是羡慕着那些分手后还能成为知己的朋友，但羡慕之余，我依然固执地将之投入水底。

我有足够充分的理由。分手之后，我们各自有了家庭，烛光晚餐俨然不合时宜，回味过去又不能对现实有丝毫的帮助。展望未来，已经完全没有彼此共同的那一片天空。如此推论下去，我的水底世界，便是他最好的归宿，温柔而静谧。在这里，他可以自由生长，路过的时候，偶尔，我也投之以眷顾的目光。这真的没有什么不妥。

其实，爱情在一个人生命中，远远不是最重要的，至少我这么认为。

吸引我常常到水底游走的，是停在河床中央的那几块石头。她们形状美丽，姿态优雅。即使在白天，她们也会牵动着我的心。我常常犹豫着要不要把她们身上的苔藓冲刷干净，双手捧着她们，像手捧一轮月亮那样，在某一个漆黑的夜晚，让她们浮出水面，等待清晨的第一缕晨光照耀，再等待喷薄而出的太阳，彻底蒸发掉她们身上的水汽，之后清清爽爽的，让她们像从未路过我的水底一样，回到现实中去。然而，我犹豫得太久，我的这种优柔寡断，让她们在水底的沉积成为习惯。当苔藓越来越茂盛的时候，我的被称为“勇气”的力量越来越单薄，越来越站不住脚，最后蒸腾成了空气，消失于无形之中。

先说中央，那块形状最美丽的石头，她是我的闺密。大学同寝三年，在时光的撮合之下，我们顺理成章成为无话不谈的朋友。她美丽开朗善良，高个子，长发，走到哪里，总是吸引大片异性的目光。在她的引荐下，我认识了我现在的先生。她是我的媒人。结婚时经济拮据，先生决定不买钻戒，被她坚决反对。她说钻戒象征婚姻的永恒，不能轻忽以对。在她的坚持下，我们的婚礼仪式上出现了货真价实的钻戒，不然一定是那种在批发市场买来当替代品的假冒产品。她为我们主持婚礼，她是我当之无愧的“娘家人”。跟她在一起聚餐，气氛总是会热闹到极点。闷闷的我，经常被她调动起，甚至压榨出仅有的一点点激情。有她的时光便有绚烂。

她是一朵缤纷烂漫的花朵，不染尘世。我们的友情，也可以用绚烂经不起世俗考验来形容。像是三月的樱花，满树怒放。凋零，也在一夜之间。起因是她用我的证件办了银行卡，当我收回那张卡的时候，发生了一点语言交流的小摩擦。其实完全可以很快化解，伤口也会自然痊愈，像是什么都没有发生一般。但她被情绪所控制，愤怒超出我的想象。擅长冷战的我，想要用时光的自然疗法来弥合伤口。几天之后，我发现她的朋友圈屏蔽了我。我像是被击中了最脆弱的部位，情感之墙一下子坍塌。

起初，我犹豫着要不要把她变成石头，投入水底。又隐约计划着找个机会用鲜花和甜言蜜语去挽回。但我脆弱的心，怕经不起更深的拒绝。我就这么徘徊着徘徊着，拖延着拖延着，不知不觉，她悄然滑落到我的水面以下。当我深夜在水底发现她的时候，我感到震惊，随后又感到理所当然。那种无力感和悲怨交集，让我忍不住轻轻哭泣。然而，周围的水迅速消解了我那微咸的眼泪。每当我路过她身边，不论什么时候，想要把她捧回水面的想法，都会轻轻掠过。我给自己找了一个理由，不再想要触碰她——就让她成为我水底最美丽的装点。就这样，现实中，我失去了她的音信。水底，苔藓爬满了她的整个身体。这让我更加相信，水底不是虚拟的，现实和水底的世界，不知道谁是谁的镜子。

在我的水底世界，她依然是最美的一块石头。苔藓碧绿，充满激情与魅力。如果石头会恋爱，相信周围的石头一定会被她吸引。可惜，我的石头们，彼此之间并不交流，甚至连一点小心思都没有，他们在我的世界，是不会思想的，任凭我来安放。

旁边有两块并排的石头，也是崭新的。跟其他石头相比，她们算是初来乍到，苔藓还未全部包裹她们的身体。她们来到这里的原因，是关于嫉妒与被嫉妒。这是一个属于女人的古老而常新的话题，一个经常会引发小题大做的话题。她们是我的同事兼好友。

小白是我嫉妒的对象。我们一同参加工作，就业培训时熟稔起来。新来乍到，在一个陌生的环境里结下了相依为命一般的友谊。我们一起K歌，到处找好吃的馆子，粗犷地说话，大声讲着笑话。小白聪明能干，左右逢源，做事成熟又低调。在她看来，我有点风花雪月不接地气，而我也认为，她入世的那部分有时显得冷漠。

我们一同去过拉萨。我经常想，在那片湛蓝的天空下洗涤过的友谊，应该是纯净无瑕的。我们同去了纳木错。呼吸困难的状态下欣赏那种令人心醉的美，是不是可以算作患难之交？回程，我们坐着长长的列车，白天与黑夜，进行着长长的攀谈：婆媳关系、情感话题、理想未来……

突然那一天，单位公布了她升职的消息。虽然她的能力有目共睹，但还是给我不小的震惊。霎时间，一股嫉妒之风，在暗中刮遍了整个办公室，传言是她如何有城府，运作人际关系云云。而我嫉妒的理由是，升职的事，她并未向我吐露半个字，这样不坦诚，怪我错把她看作知己。我掩饰着自己的嫉妒和不满，仍旧与她有说有笑。但女性天然的敏感，让我们都意识到，哪里变了味道。我们的交流开始有所保留，越来越保守、拘谨，慢慢演变成客客气气的路人。令我颇为沮丧的是，我们竟无力去打破心灵的屏障，当我发现自己在疏远她的时候，她表现出的自立、坚强、乐观，让我觉得我在她的世界里毫无分量。正在我试探性地关闭自己心扉的时候，她调走了，去了一个更有前途的岗位。

离开之前，我们没有话别，没有互道珍重。那种情境，好像一边做事，一边听一首优雅的曲子。当音乐戛然而止的时候，谁都没回过神来，依然在忙着手边的事情。像是秋风吹落叶那样自然，她沉入我的水底，岿然不动。

每当清晨上班的时候，我路过她的新单位，期盼着能在清凉的树下有一个美好的重逢，将过去的隔阂消弭在一个浪漫的场景之中，但始终没有遇见，一次也没有。重逢，只是我心里的一个念头。在工作的生涯中，我们一同开篇，却很快走上了不同的岔路。雪域高原，那两个纯净的倒影，我相信是修行一千年所得，能在那一刹那同时倒映于纳木错的湖边。尽管如此，因缘的无常如同秋风吹云彩般，瞬息万变。往事不堪回首。

现实中，我一厢情愿地打探着她的消息。深夜的水底，是我最真实的交流。我知道，无论我说什么，她都关闭了心扉。石头听不见，也看不见。

漠漠也是我的同事。我们有着相同的理想和价值观，都想做出些济世的事业，经常对一些追名逐利的事发表着不屑和嘲讽的观点。漠漠坚强独立。她家境不好，凭着自己的努力，借学费读完了名牌大学。她遇事不慌，像男人一样淡定和勇敢。她快言快语，让人觉得通透爽利。她经常穿着别人穿过的衣服，吃着路边摊，但内心有着高贵的灵魂。我相信，我们是灵魂之伴侣，闲暇经常盘算着在一起做些什么大事业。

所以，当我在水底跟她四目相对的时候，我内心流淌着忧伤。真希望她永远不要出现在我的河床。我想，我的一生，总有一些朋友是要一直晾晒在阳光里的。

如同命运的玩笑一般，我升职之后，她选择了辞职。如果我将这一行为理解为嫉妒的话，未免过于肤浅了。但如果抽丝剥茧，又难以说清道明。人是一种情感何其复杂的动物啊，没有一个人能够快速而准确地打开关闭的心扉。起初，我将她的辞职理解为追求更高的理想，当她婉言谢绝我的帮助时，我越来越没有勇气向她投注我的问候和关心了。

我预感着她要滑向我的水底，成为又一块令我心为之颤抖的石头。

那天下班回家，当717路公交车在那一站启动的时候，我眼前突然现出她送我回家的情景。车要开了，我们的话还没说完。车门将她的话关在外面。我留恋着她。她的情谊那么真诚质朴，超越友谊。她远去的背影又那么孤单，父母的离世对她这样的年龄称得上残忍。那一刻，我在心底发誓，要关怀、陪伴她一生。从某种意义上说，生命之路就像冬天一样漫长，我们不需要形单影只的凄美，我们要一路同行。

然而在现实面前，我又一次退却了，我输给了自己的软弱。辞职的她消失在我的视线里。深夜我走近她，只能是重复着那一动作，将白天纷繁的念头放下，走向丛林的深处，慢慢沉下来、沉下来。见到她，见到朋友们，送上轻轻的问候。这些石头的表情都很木然。不怪他们，这是石头的本质。

我不得不接受了这一现实。

说来惭愧，我河床里的石头有很多。那些我儿时的、中学的玩伴，几乎都变成缤纷的小卵石，平铺在河床底部了。我想要捡起其中的任何一颗，都变得颇有难度。因为他们都是一样的，我没有理由去特别眷顾哪一颗。他们中的大多数，已经被我遗忘了名字。还有小学三年级帮我补习的班主任老师，中学时候那个喜欢在课间翻我书包找零食的淘气同桌，甚至还有我们家看门的老狗，他们都在。当我脑袋清醒的时候，当我有足够的时间在水底驻足的时候，仔细清点，发现他们一个也没少，全都在那里。

还有一次，很危险。我因生气，犹豫着要不要将对我暴怒的父亲放进河床，被他坚决制止了。

走的路越长，河床里沉积的石头越多。有的老人，河床里堆满了石头，所以，他们的白天是短暂的，他们盼望着，夜幕早点降临，好去水底看石头。一块一块地端详抚摸，有时是在石头面前自言自语。那是夜的语言。跟石头的对话越多，现实中的话越少。我相信，拥有很多石头的人，早晚会成为沉默寡言的人。但不能证明他们的人生是苍白的，因为没有一个人，可以走进另一个人的水底。没有一个人，可以见证别人水底的单调与丰富。

如果有一位作家，可以走进别人的水底，那真称得上是一个过瘾的神话。光搜集每一块石头的故事，一定可以是一部很好的小说集。每一块石头抵达河床，都像是天空陨落的一颗星星。像我的爷爷奶奶，他们是我的天空最明亮的星星，在我猝不及防的时候落下来，“扑通”掉进我的河床，我的生命由此激起巨大的涟漪。当我在水底发现他们已经变成巨石的时候，悲伤了很久很久。

现在，你们听到的只是我的一面之词。我这样滔滔不绝地讲述着自己的石头——那些在时光里长满苔藓的石头，并不是一种很明智的行为。因为，我也同样沉寂在别人的河床。我听不到深夜他们对我说的话。他们在吐露心扉的时候，我也只是一块石头，正开启着“不听，也不看”的模式。

甘以雯

那双美丽的眼睛

我相信“缘”，在茫茫尘世，能够相遇，倾心相处，能够牵肠挂肚，在冥冥中，肯定有一条丝线在牵，这就是——“缘”。

可能自小家中就养猫的原因，我很喜欢猫，一见到猫的身影，听到喵喵的叫声，我会觉得家一下子变得生动起来。

那年，儿子考上名列全市第一的南开中学，兴之所至，我连想都没有细想，就带着他到花鸟市场挑选了一只白猫，算作对他的奖励。咪咪很快就到了闹猫的年龄，我们很人性化，为它娶了纯日耳曼种的美女猫媞媞，后来它们生下了小媞媞。在三只猫中，小媞媞最弱小，既没有它爸爸的威武雄壮，也不及它纯日耳曼血统的妈妈聪慧漂亮、雍容富贵，而且小媞媞的青春美丽消退得最快。可是，我、老公和儿子最疼爱、最牵肠挂肚的无一不是它——小媞媞。

小媞媞出生于深秋季节，那应该是北方最美的季节。蓝天白云、水碧叶红的金秋，是自然万物收获的季节。感谢造物主，让我们收获了一只可人的小猫。

那天我出差在外，先生送儿子到北京上学，回来时已是傍晚。一进门，母猫大媞媞狂叫着叼着我先生的裤腿到了早已准备好的“产房”——纸盒子前。一只裸露着粉红色皮肉的小猫趴在地上无力地叫着。先生用手暖了它好久，才把它放在了“产房”里。深秋季节，没有暖气，房间里很凉很凉。为采暖，先生在产房里接上了一盏灯。我第一次见到的小媞媞，就是蜷缩在灯光下的一个白茸茸的小东西。

小媞媞很快出落成一只标准的小美女猫，眉清目秀，一只蓝一只黄的眼睛，一身雪白的长毛，尤其那翘着的长长的白尾巴，像秋天里摇曳着的一蓬芦花，楚楚动人，靓丽而富有生气。这只小猫，带给全家无穷的欢乐。

它十分活泼好动，时常跳到桌子和吧台上，用爪子一点一点把上面的小物品扒拉到地上，尤其喜好扒拉牙签盒。记得有一次它把牙签盒扒拉到地上，牙签撒了一地，它那个激动那个兴奋，乍着那蓬芦花似的大尾巴，叫着跳着扑着散落一地的牙签。我一边捡它一边抢，好不容易捡完装好，它蹦上吧台又将牙签盒扒拉下去……把我们一家三口逗得笑疼了肚子。小媞媞是如此淘气，可细想想，它从来没有损坏过贵重的物品，它没有损坏过哪怕一只玻璃杯具、木头的文玩小件，真的很仁义。

光曾经带给初生的小媞媞光明和温暖，又因为小媞媞生来就耳聋，它的眼睛十分敏感，光对它充满了吸引力。它最喜欢玩的游戏就是捕捉光影，它对反射到墙壁上的太阳光非常敏感。我们经常拿着镜子或手机照射玻璃，太阳光反射到墙上，小媞媞立刻精神抖擞，斗志昂扬，一次一次地扑向光影，不知苦累。光影成为它永远不懈的追逐和最喜爱的玩具，永远乐此不疲。儿子很坏，有时故意在小媞媞待的桌子和墙壁间留了空隙，它一扑光就从那条缝隙掉下去了。可它抖抖身子，乍着尾巴，重新冲向晃动的光影。

唯一可惜的是小媞媞生来就耳聋，可它在无声的世界里生活得很快乐。吃奶吃到一岁多，这样的猫不多见吧。它妈妈爸爸那时候没做绝育，它妈妈大媞媞经常怀孕，可能是白猫和白猫基因相近的关系，大媞媞经常流产，一流产就想起了自己还有一个亲闺女在身边，于是就百般呵护。看到小媞媞蜷缩在和它差不多身材的妈妈的怀里喝奶，总让人忍俊不禁。每当春节来临，窗外传来连绵不绝的炮仗声，大咪咪和大媞媞总免不了担惊受怕，小媞媞却无忧无虑玩着吃着睡着。可是，它也偶有听力，有时睡着觉被惊醒，不知所措地瞪着眼睛，东逃西窜。每当这时，我便抱着它抚摸它的头，它很快就安定下来了。我们常说，小媞媞是幸运的，始终与父母相伴，这在猫家族里，是不多见的。可我也不免担心，有朝一日，它父母先它而去，它会如何面对？

小媞媞很活泼，但也很有规矩，很小就学会了在盆里拉尿，只是到了发情的年龄想找老公了，在屋里尿过几次。猫的三口之家到了闹猫的季节，毫无规矩，繁衍下去也没有止境。万般无奈，我们把三只猫抱到医院一起做了绝育手术。手术时，大咪咪进行了殊死的反抗；大媞媞也挣扎了几下；唯有小媞媞束手就擒，没有任何反抗的能力。在猫咪们这“大是大非”的事情面前，小媞媞表现出它的柔弱无力。绝育后，大媞媞失去了母性，对闺女冷淡了起来，可小媞媞不怕妈妈，敢于和大媞媞对峙对打；它更喜欢并惧怕爸爸。出于天性，它贪恋大咪咪的雄性气味，一有机会就凑上身去嗅。大咪咪很反感，只要它一凑身就管教它，对它喝叫，还时常伸出爪子拍打它。它跑得很快，又机敏，每当大咪咪刚要伸出爪子，它哧溜一下就逃了，而且常常一下子跳到猫咪们磨爪子的榆木凳子上，眼睛盯住大咪咪“噌噌噌”洋洋自得地磨起爪子来。

小媞媞性情与它妈妈相反，十分温顺，它的眼睛永远发散着温柔的光。楼下的邻居吴桐来串门，一下子就发现了，说：“妈妈的一对碧眼盯着人显得很凶悍，而闺女的眼睛显得很温柔。”我们做过多次试验，人拿镜子照玻璃反射出光影，小媞媞扑的是光影，它妈妈扑的是镜子和人的手。睡觉时，人要不小心挤着了它们，它妈妈准会不依不饶地挠人咬人，而小媞媞总是没有怨艾地跳下床跳上榆木凳子噌噌噌地磨爪子，然后翘着芦花一样的大尾巴到卧室外转一圈，上趟猫盆或是吃点“干干”，再回到人身边睡觉。小媞媞的叫声也很温柔，细声细气的。如果你轻微地弄疼了它，它会发出绵羊一样细细的娇滴滴的绵羊音。我们全家都非常喜欢听。工作劳累了，或者有什么烦心事，回到家里，只要听到它娇滴滴的叫声，看到它盯着你的那双温柔的眼睛，心灵会产生一种熨帖感，会使人心底增强那种家的温暖感。

喂它们东西，永远是妈妈吃第一口，吃完自己的马上用头挤开女儿，再吃第二口第三口。小媞媞最喜欢吃大闸蟹，蟹一上锅它就精神抖擞，翘着大尾巴冲人要。看它那充满激情的样子，我们宁可自己不吃或少吃，也尽力满足它。无论是蟹肉、蟹黄还是蟹膏，它都来者不拒，有多少吃多少。但吃蟹的时候它也抢不过它妈妈，它吃饭细嚼慢咽，往往自己那份吃得还不如它妈妈抢得多。明明一猫一坨，妈妈三下五除二吃完自己的就抢它的。一般这时候，我们就把它妈妈弄走，护着它。它倒从来没有和它妈妈计较过。可弄不好这些蟹黄、蟹膏也是它生病的一个原因呀。爱猫咪，真的要学会怎么爱。提起吃，说些高兴的。小媞媞从小喜欢吃栗子、山芋什么的，尤其喜欢吃小宝栗子。我们剥开咬碎了喂给它吃。我很奇怪，它怎么能闻见栗子的香味呢？猫难道也对栗子有感觉？

由于听不见，它常常用眼睛与人交流。只要对它一招手，它会小跑着跑向我。小媞媞和我最亲，每当我铺好床，洗漱完进卧室时，它常常卧在我枕头旁等候着，睁着一双眼睛看着我。有时，它也会故意地卧在先生的床头，俏皮地望着我，我一招手，它常常轻盈地蹦过来倚卧在我身边或枕头前，随即，一下子进入梦乡，发出“呼呼”的鼾声。这鼾声，不仅没有引起我们反感，倒是给我们平添了一种温馨、安稳的感觉。自打儿子出国留学，夜间我有时睡不着，便到书房上网、写作，小媞媞经常随我起床上厕所，有时就在书桌边呼呼地睡觉；有时在床头等着我，张着那一只黄一只蓝的眼睛。每当这时，一股暖流从心底油然涌上我的心头。小媞媞的名字很多，都是我兴之所至时给它起的，什么小可爱、小东东、小可怜、小宝贝……反正都带个“小”字，它在我心中，就像一个永远都长不大的小孩子……

哎，千不该万不该，我们忽视了对小媞媞的科学喂养。它的爸爸从小就喜欢吃天然的小鱼煮玉米面，身体十分健壮；它的妈妈吃一半猫鱼一半其他食品；唯有它不喜欢吃猫鱼，我们特地为它买来猫粮，称作“干干”，它嚼得嘎嘎响。我们都很喜欢看它津津有味地吃“干干”的样子。谁知道奸商为了吊猫的胃口和获取高额利润，在猫粮里面放了盐和低劣假冒的东西。尚在中年的它，竟然会出现肾衰。就医时，医生明确地说很多猫狗的肾衰都是吃猫粮狗粮造成的。其实细细想来，它这两年身体已经日益衰弱，长长的白毛在脱落，有些粘连在一起，我经常为它梳理，又不敢太使劲，弄疼它时它也会反抗，只得狠心用剪子剪断。它的毛色远不如过去漂亮了。谁能想到年纪轻轻的它竟然患上这样的病呀？我、老公、儿子都很自责，要是早点知道科学喂养，哪怕在发现它身体衰弱时早点给它看病、吃药，它不会走得这样早。哎，说来说去，还是我们对这幼小脆弱的生命关爱不够……要是它能听见，要是它能找个帅帅的老公，要是它也能像它妈妈一样生儿育女，那我们的心还能安稳一点。

可是由于它天性乐观活泼，我们都忽略了它的身体。当儿子告诉我小媞媞病危的消息时，我正在福建开会。一下子，我的泪水止不住地涌了出来。当我匆匆从福建为它赶回家时，小媞媞已经没有力气叫了，它闭着眼睛躺在为它准备的纸盒子里。我的泪水止不住地流。先生已经抱它到医院输了三天液了，可没有什么效果。我感觉到，它已经命悬一线，只是在昏睡中等待我。第二天，我接着抱它到医院输液。同屋里面，有多只在打针、输液的小猫小狗，它们还能表现出恐惧，唯有我们的小媞媞没有任何反应，无力地依偎在我怀里。到这时，我已经感觉到我们只能尽力抢救它，可确实只能听天由命了。

小媞媞对色彩十分敏感，不知是不是雌性的原因，它对红色有特殊的感觉。它喜欢在红色的便盆中尿尿，喜欢红色的被子，如果把红色的手提袋放在桌子上、椅子上，它准会卧在上面。有时洗衣时顺便刷猫盆，它经常会卧在红色的猫盆中，自得地看着人。可是，如果风吹动挂在衣架上的红色衣裳，或是支开晾晒红色的雨伞，它会吓得惊慌失措，四处乱窜。在它病危时，一天一夜没有排尿，我把它放在盒子里面晒太阳，为了便于它排尿，把红色的猫盆放在盒子旁边。当我从书房到卧室看它时，看到垂危的它竟然卧在了它最喜欢的红色猫盆中。此情此景，令我百感交集。当晚，我把刷洗干净的红色猫盆放在了床上，垫上毛巾，把气若游丝的小媞媞放在了它心爱的红色猫盆里。我陪伴着它，不断地抚摸着它……它走的时候，我把它放在红色的纸盒子里，埋在了花坛下。质本洁来还洁去，它的身体也会化作春泥，滋润花草大地。

在小媞媞走后第三天，快递员送来了儿子为它邮购的治肾病的营养液、质量上乘的猫罐头。小媞媞的妈妈爸爸沾了它的光，告别了有害的猫粮。尤其是大媞媞，不知为什么，是不是有什么特殊的感觉，竟然从此不再沾“干干”式猫粮了。儿子出国读书有八年了，有一天谈到小动物，他认真地对我说：“妈妈，对于人，小动物只是你人生中的匆匆过客；

可就小动物来说，它已经将一生托付给了你。”霎时，一股暖流涌上我心头——儿子成熟了，能够懂得善待生命，表明了他精神上成长得很健康。我可以放心了。

恍惚间，小媞媞已经离开我一段时间了，但我忘不了它，我的眼前经常浮现着它那双眼——美丽的、善良的眼睛，一只蓝色一只黄色的眼睛。

我相信“缘”，在茫茫尘世，能够相遇，倾心相处，能够牵肠挂肚，在冥冥中，肯定有一条丝线在牵，这就是——“缘”。

Chapter 4

向着明亮那方

毛发的力量

梁鸿鹰

博加从我的身上剪去了灵魂，剪出了约瑟芬娜·贝克的发型。那就是以前的我呀，是我的肖像呀。我的发型曾经触动着每个人，而博加将我剪下的头发扔掉了。他好心地让我找到自己的平衡，让我习惯自己。

——［捷克］博胡米尔·赫拉巴尔：《一缕秀发》，万世荣译，北京十月文艺出版社2014年版，第103页。

对人来说，毛发永远是外在的，与人身上的天然拥有物一样，有生命、有呼吸。但毛发所具有的神奇，并不为人们所充分了解。毛发顽强附着于特定皮肤的表面，日夜兼程争夺着人不同器官的皮肤，争夺人的视觉注意力，一刻未曾有所停顿。毛发屈服于刀剪、水火、时光，柔软或坚硬，粗壮或细弱，与主人一生相伴。

毛发有忠实于岁月和时光的力量，在这方面，它无意于也无力说谎。有位不染发的歌剧女星，过去经常在舞台上扮演英勇就义的革命者，每逢此时，一头短发乌黑锃亮，英姿飒爽、豪气十足，而如今在舞台之下，满头蓬松的白发，显得疲惫、颓唐和委顿了许多。而像田华、秦怡这样的老前辈，一头白发恰恰显出非凡的气度与尊严。头发常背叛年轻的主人，不惑之年即满头披雪者不在少数，如今少白头吃香，少白头就多了起来。头发不忠实于年迈的主人却很困难，古稀之龄能够依然乌黑者，少之又少。

毛发不背叛主人的种属，人的毛发颜色与肤色的深浅，一般都有对应关系。少年时代曾读过一本生物进化著作，书名好像叫《人类在自然界的位置》，作者好像是赫胥黎，朴实的封面上有类似恐龙或猿人之类的插图，郭老题写的“科学出版社”五个字居于封面下方。书的内容忘记了很多，只记得其中说，世界上的人种主要有白、黄、褐和黑几种，皮肤深浅对应发色深浅，白色人种头发最浅，黄色人种次之，黑人头发最黑，以此推断，即使同为黄色人种，发色深浅与肤色也能对应起来。从此他每见到一个人，总不由自主地以头发判断其肤色，或以肤色印证发色，基本上都是屡试不爽的。不过也常有例外，如好莱坞女星费雯·丽、伊丽莎白·泰勒，与卓别林合演《舞台生涯》的克莱尔·布鲁姆，均肤白如玉，却是一头夜一般漆黑的长发。但不管什么发色，最终都要归于由深到浅、到白，这一点是共同的。克林顿已经满头白发，奥巴马最终也会如此。

对男性来说，时时泄露时光之无情的，除了头发，还有胡须。胡须自动提醒一个不蓄须的男性一天的开始或结束。库切在其小说《青春》第十三章末尾讲到，长期在IBM工作的主人公离职之后，变成了“一个阉人，一个寄生虫，一个急着赶八点十七分的火车上班的提心吊胆的家伙”。有天，他与从前在IBM时相互颇有好感的姑娘卡罗琳重聚，逛完查令十字街的书店后，发现“长出了一天的胡子茬”，这就提醒他，一天剩下的时间不多了。

我们的主人公与父亲在生理上的亦步亦趋是全面的，包括头发与胡须。父亲坚硬与顽强的毛发给他留下的印象任何时候都挥之难去。酒后通红的脸，嘴里重重的酒气，言不及义的胡话，以及热情凑过来反复摩擦他脸庞的胡茬，长期占据着他的大脑。

唯恐胡须给人不洁、粗野的印象，我们的主人公每天早上出门之前都必刮胡子——避免胡子疯长在面容上带来的不雅观。他每天起床的第一件事是上卫生间，排泄完毕，来到水龙头和镜子面前刷牙、洗脸、刮胡子。他的胡子自青春期以来便浓密、粗硬，分布面积大，且生长快速，一日不剃，则如乱草。40岁后，他的胡子踏上由灰到白的路途，显然在提醒他已经进入“大叔”阶段。任何的遮掩都难以奏效。剃须器具是旅行最重要的必需品。胡子的素质是从父亲那里遗传来的，这个他有充分的证据，从很小的时候他就见过父亲的种种剃须设备——电动的、非电动的，磨损得很快，质量不尽如人意，更换十分频繁。

二

头发最有力气树立风范，它们是门面，可以化为口号与气质，拥有你无法绕开或省略的程序。在我们的主人公走过的生命历程中，理发这个责任，父亲向来未曾负担，这导致了早年在理发这件事情上，他是四处奔走的。为他解决头发问题的，有国营理发馆的理发师，有父亲的好友，或关系很好的邻居。对理发师的记忆，是他记忆中最温馨的部分之一。小时候给他理过发的都是男的，上大学以后给他理发的都是女的，没有遇到过一个男的，很是奇怪。

孩提或少年时代生活的小镇，呈严整的四方形，一切机构的位置、规模、门脸都有着一定的统一性、规整性，有一种取齐式的朴实与内敛，谁也不想抢谁的风头，一致中的苍凉坚定，平静中的单纯划一，被大家所习焉不察。这种“苏式”规划的种种痕迹很明显：对称、庄重、严整，显得五脏俱全，实则难掩匮乏单调。毕竟，一个地级行政公署所在地的风范，大致也只能如此了。

镇上的理发馆都是国营的，一共两个，一个居镇之南，一个居镇之东。各有一位理发师给他留下难以磨灭的印象。

“红卫理发馆”居镇之南，店门朝西开，规模大，设施先进，十几个理发师每天都围着高大的理发椅忙碌。全店似乎没有女性理发师。别的人都忘记了，只记得店里有个高个儿、大嗓门儿、下手狠的理发师，姑且叫他老赵吧。老赵门牙大，天包地，东北口音，脾气暴躁，风风火火，干活幅度大、力气大，“萝卜快了不洗泥”，很不受人待见。老赵永远守在门口，来理发的人一进门就会被他引到椅子上。我们的主人公来这里理发，从来没有轮到过别的理发师。这位脾气暴躁的理发师说话特别快，理发也特别快，全程说话不停，唾沫星子飞溅，让人受不了。如果抱怨理得太短或太偏之类，老赵立刻就会显出惊讶之色，沉下脸来大声辩驳，急于撇清自己，不给你任何插话机会。记忆中，老赵师傅是理发馆里年龄最大的，头发短短的，还没有全白，浑身上下利利索索，始终很精神、很勤快的样子。但在众多理发师中，他似乎很失意，生意很清淡，人气很不足。好的理发师都有固定的主顾，老赵没有这个运气，成年人成为他固定主顾的少，很没有面子，拦截前来理发的孩子就成了他的首选。为何如此？是因为脾气过暴、下手过狠，还是别的什么？老婆红杏出墙，家里有晦气的事？孩子们自然无从得知。

小镇毕竟不大，时间不要很长，我们的主人公就发现了另外一家理发馆，那便是小镇东边一家门脸朝北的理发馆。理发馆招牌标明“东风理发馆”，位于南北大街中段。这个理发馆面积小，理发要排队，因只有一位理发师，白白胖胖的，个子很高，总戴着干干净净的白色的确良小帽。后来才知道，这位理发师是主人公中学同学陈瑛的父亲。奇怪的是，陈瑛个子不高，长着双眼皮，眼睛大大的，小巧的鼻子，樱桃小口，梳两条小辫儿。她学习成绩一般，但人缘颇不错。陈师傅人缘同样好，找他理发的人多，要排大队，但陈师傅有耐心，手艺好，话又不多。我们的主人公不止一次发现陈师傅的两只手都已变形，手腕处大骨头突出来了，变形是长期一个姿势持握推子造成的。老头儿动作轻重适中，为人温和，大人孩子一视同仁。他的随和、友好最能征服人，这种童叟无欺的精神，是饭碗最坚实的依靠。老头儿皮肤细腻、白皙，身上总有一股好闻的味道，由于体形过胖，喘气声息也较重。陈师傅常年戴帽子，并非完全出于职业需要，而是因头发极少，可能是个秃子。在过去那些年代里，谢顶、头发少不罕见，但秃子不多，而且秃子不光彩，被认为是异数、不正常，这与现在各行各业场面人物秃子当道形成了强烈的对比。

三

人与头发较量，正如与肠胃较量。有吃百家饭的，就有理百家头的，我们的主人公就是“理百家头”长大的。小时候经常给他理发的长辈，除了一位姑父，其余都是父亲的好友，一位姓白，一位姓张，一位姓杨。这三位各有千秋，对比鲜明，但只要被求到理发，谁都不会推辞，他们技艺也好，是永远的能工巧匠。

老白性子最直。高个头，留一头短发，一对很小的三角眼，山西大同一带人，酷爱聊天，口音很重，嘴里总叼着烟。每次理发，他也烟不离嘴，而且不停地说话，各种各样的打听——家里来了谁？学校老师批评没有？喜欢谁？讨厌谁？最近到谁家吃饭了？问得人心里发毛。老白理发速度快，家伙什儿也老旧，夹着头发是经常的事情，对此他没有丝毫歉意，根本不放在心里。老白有个贤惠的少妻，热心肠，生了三个儿子。可能只因老白嘴上缺个把门的，在人们眼里始终没有威信。大家觉得他只说不练，嘴碎，而且爱图小便宜，到别人家一坐一晚上，不把对方烟抽完不拍屁股走人。老白家的老大老二年龄差两岁，老三来得晚，比老大小了有十几岁。大儿子额头有青筋，黑眼睛很忧郁，个子高高的，平时温良，但脾气犟，在20岁出头原本该上大学的时候却得了一场恶病。遭此大难的一家人风雨同舟，到呼和浩特的大医院治病，租住在医院旁的民房里，老白夫妻俩曾请我们的主人公到他们那里吃过饭，在异常巨大的心理和经济压力之下，依然没有忘记在这里念书的小老乡，着实令人感动。记得是烩了一锅酸菜，肉不多，米饭，像很地道的杀猪菜，大家吃着，聊着，说了一些现在早已记不起来的事情。生病的老大——好像叫类似俊平的名字吧，也暂时忘掉了自己的病，偶尔露出单纯的笑。这次午饭之后不久，俊平就离开了人世。老白一直在行政机关工作，官没有做上，但始终乐观、健谈，爱给人出主意，是小镇上一个传奇。

父亲的第二位好友姓张，是个在理发上精益求精的人。张叔叔是河北人，高个儿，英俊潇洒，优雅从容，文质彬彬，曾经当过文化局局长、宣传部部长、中学校长。让张叔叔理发是种享受。张叔叔为人和蔼可亲，做所有事情都很恰切，不温不火，给人十分文雅、有教养的感觉。张叔叔家里永远井井有条，得益于有个能干的妻子。这个说陕西话的瘦弱女人面容姣好，细皮嫩肉，善理财且极其勤快，凡缝补、浆洗、编织、烹饪等，均得到好评，家里保持着纤尘不染的状态，这在三年困难时期是不多见的。张叔叔将理发视为一项重要业余活动，从不敷衍、草率，更没有不耐烦的时候。他理发的时候动作轻柔，张弛有度，从不在理发时聊天，理发就是理发，聊天就是聊天，他会前后左右不停地打量，反复端详、琢磨，直到自己满意，而不会毛毛糙糙地凑合。张叔叔是我们主人公父亲的“骨灰级”挚友，主人公母亲弥留的时候他在场，追悼会上他是致悼词的人。当时他并没有带稿子，只见穿着大棉袄，朝着小小的遗像深深鞠了一躬，面向大家说了一席言辞恳切的话。至今我们的主人公只记得这席话的开头是——“老师们、同志们，不久前，大家深为尊敬的王承真老师永远离开了我们。”会场顿时出现了压抑的抽泣声，我们主人公的妹妹哭得很忘我，完全干扰了站在旁边的哥哥的倾听。张叔叔家有两个男孩，理发总是同时进行，小儿子的头发又黄又少又软，但这孩子每次理发都要闹腾，不愿理，提条件，要么吃东西，要么就要求给他买玩具，仗着年龄小，每次都能得逞。

第三位理发的是父亲的好友，姓杨。这位叔叔个头儿不算高，说东北口音的普通话，在医疗卫生系统工作，人长得很英俊，头发很早就花白了，留一种恰到好处的背头，头发从来一丝不乱，也绝不油头粉面。一家人都是说普通话，彬彬有礼。杨叔叔会抽烟，但很节制，在家乡那个小小的官场上，算不上一个成功人士，但稳稳当当。孩子们的学习成绩都一般，都没有上过好大学，全家人很亲切很温馨，是我见到的最美好的一个家庭。杨叔叔因为很早的时候腰就不好了，在家里并不干什么重活儿。给人印象最深的是，杨叔叔冬天也背着手走路，双手居然能统在棉衣袖子里。去杨叔叔家理发从来不用预约或大人给打招呼，他见孩子来了，就会问要不要理发。杨叔叔理发技术好，速度快，始终和颜悦色。理完发，往往还被留下来，与他们全家人一起吃饭。这是一个厨艺、家庭氛围、家人美誉度俱佳的家庭。女主人姓郭，眼睛不好，戴副眼镜，人很伶俐、很善良，说话声音很好听，是县医院的护士。她与我们的主人公舅舅家沾亲。都出自新中国成立前从山东蓬莱到内蒙古传教的家庭。这家三个孩子，老大是儿子，叫小明。老二是女孩，叫小兰，眼睛并不大，头发枯黄，人极活泼善良，也在卫生系统工作。最小的孩子是个异常漂亮的姑娘，比她的哥哥小了十几岁，印象中她的头发油亮乌黑，垂感很强，大大的眼睛，睫毛很长，永远天真地看着这个世界，她很受一家人宠爱，小时候经常吊在爸爸的脖子上。小明很和善，只低我们的主人公一个年级，眼睛同样大大的，人很规矩，下军棋和跳棋，以及做游戏，都经常占上风，头脑很灵活，但并没有考到好的学校里，很早就在小城里子承父业，在地区卫生防疫部门工作。

四

不知道从什么时候开始，头发的驾驭技术慢慢地由男人转到了女人手里。大学时代理发多是在校园理发馆完成的。学校东门招待所旁边有家面积不小的理发馆，洗、剪、吹、烫、染，均可完成。这里是校园男生愿意聚集的地方，一位正值美好年龄的女店员肤色白皙、身材傲人，她以自己的芳龄、洋溢的青春之气，吸引着校园里的男孩子们。这里的理发师其实不算多，两个女的一个男的。麇集在这里的小伙子，理发或不理发，都直接只为这个姑娘而来。这位呼和浩特市当地的美人实话说也是一白遮百丑。眼皮倒是双的，但眼睛并不大，眼梢有些略略向下。姑娘肤白、齿白，樱桃小嘴儿，鼻子微翘，是那种热气腾腾、很有气场的女孩子。仅靠熠熠生辉的双眼，就足看得小伙子们神魂颠倒。“她知道自己是好看的”，正如曹禺在《雷雨》中所说，她陶醉在这种自认为“好看”的好看里。听同学议论，这是个大胆的姑娘，敢跟不同小伙子幽会，在20世纪80年代还根本没有私家小汽车的时代，她被那些骑着自行车来接她的男孩宠得够呛，但后来遇到一位会武功的壮小伙，接她的人就少了，但理发馆里围在她身边的男孩仍然不少。

服务行业的人如果过分抢眼，是会扰乱顾客心绪的。我们的主人公来找她理发的时候自然也有一些私心。姑娘旺盛的活力，天真无邪的美丽，镇定自若的沉着，迷了他的眼神，扰了他的心绪，使他很难把持自己，在她面前会笨拙、不自然，表情尴尬，或前言不搭后语。但有一段时间还是免不了要到这里理发，想着与她相遇，又害怕被她摆布。

记得是夏季一天的中午，洗完澡后，他顺便拐进理发馆。那天来理发的人不多，值此暑期临近，塞外的呼和浩特已经开始展示其“暑威”，午后的理发室并没有多少传说中的所谓年轻倾慕者。推开理发室，便见这位唇红齿白的姑娘以轻盈的身姿迎了过来，令他无法躲避。姑娘似乎早就认识他，脸上带着一层薄薄的友好与善意，但他不自然的表情与动作很快让对方捕捉到了。她微微一惊，迅速收回自己脸上的笑容，以更“专业”的职业表情接待他。在姑娘的引领下，来到理发椅的一小段距离，他走得别别扭扭。落座之后，他才开始努力缓解与姑娘之间的紧张，不知是谁开了聊天的头，慢慢地，他与她之间自然起来了。姑娘露出笑容。他们分享着校园一些共同的话题，她问起他的老家在哪里，他则问她来这里有多久。在你来我往的交谈中，双方之间的紧张感如雪在太阳底下般慢慢融化，留下一些意想不到的记忆。年轻的目光在镜子里相遇了，是心有灵犀的那种，是无邪的美好与无邪的接近那种，而且，表情里有各自的聪慧，透出各自的感悟。

这是20世纪80年代初，长发流行。他的头发历来密实而粗硬，很不驯服，不曾按主人意志以服帖出一定的形状。留长发要靠吹才能服帖。理发的最后环节照例是吹风。吹风对男生大多是个过场，更多的时候意味着额外馈赠，只需弄干便可以了，他虽没抱太大指望，但心底还是希望她能够用心一些，让头发服帖在头上。但没有想到，这位女理发员吹得过于细致、专注、投入，或许吹的时候走了神，思绪飞到了别的地方。瞥一下眼前的镜子他碰巧发现，姑娘目光迷离，长长的睫毛低垂着，白色衬衫里的小胸脯微微起伏，在这个充满洗发水味道的屋子里，她身上依然散发出馥郁的好闻气味。她鼻息的声响匀称细微，她右手保持着吹风机的平衡，左手上的梳子在他头顶上翻动着，眼见她白皙的胳膊现出纤细蜿蜒的血管，耳边响起声嘶力竭的蝉鸣，一声声一阵阵。时间在吹风机的嗡嗡声中流逝，他忽然想起远方家乡烈日下的一个个沙丘，想起小渠或小湖之上飞翔的一群群蜻蜓，想起自己与小伙伴一起奔跑的树林。对了，树叶仿佛向天空伸出懒洋洋的手指，阳光插到树叶之间，透进来的阳光星星点点，胡乱涂抹在树叶上，为密林投进光亮与温暖。偶尔有蚊虫嗡嗡飞过，并不刻意叮咬什么，只是消遣，只是闲逛。

就这样，脑子里天马行空，思绪漫无边际；就这样，思绪时时飘向别的地方。但很快，仿佛双颊感觉到了家乡初春凛冽的狂风，秋季忘我的狂沙，冬天放肆的狂雪。一会儿仿佛看到一队高低错落的奇异的驼群在沙漠深处缓行，驼铃悠扬，奔向好几天才能到达的一片绿洲或树林的边缘；一会儿仿佛看到自己和小伙伴们围坐在小树林里，聚精会神地盯着眼前的小火堆，几只包在泥巴里的麻雀在边上烤着，烟冒起来了，随后又被耳边的风吹散，远处飘来呼呼的声响，其间隐隐约约夹杂着一股味道。这股味道从远方刮过来，携带着说不清的不祥信息。对了，是一种受到鼻翼排斥的异味——来势神速，很快刺激到人们的嗅觉感官，令理发者和被理发者几乎同时猛然回到现实中。她像是如梦方醒，立时面颊泛红，鼻尖冒汗，接着赶快停掉吹风机，少女的端庄体态顿失，眼里满是羞愧，手足无措地僵立在一边，不知如何才好。他则像犯了大错、勘破不可告人秘密似的，草草付钱，落荒而逃。

从此很长时间，他都避免与这位姑娘见面，也不再回到这里理发。但校园毕竟不大，越是不想见的人，越是容易见到。这位皮肤白皙、不难看的姑娘，后来他在校园的不同地方又见到过几次，他远远看到她便躲开，根据她的走向选择自己的方向，尽量不与她迎面而行。姑娘每次都与不同的小伙子同行，穿着高跟鞋，头扬得高高的。直觉告诉他，她依然认识自己，他未与她对视。只有一次，实在是狭路相逢，而且陪在姑娘旁边的，是熟识的同班壮汉，才勉强打了个让彼此都不自然的招呼。毕业了，他成了校园里的老师，似乎倒没有多少机会见她了，也没有想起要打听她。

五

世上打不倒的职业是理发师、厨子、医生、入殓师，或许还有会计。人人都不能不甘受他们的摆弄。研究生阶段的理发问题是怎么解决的，印象十分淡薄。在市民气息极浓的天津，只记得理发毫无固定地点，变得前所未有的随意、不规律，有时候到北京解决。20世纪90年代之初开始到北京工作，他曾经见过的留下印象的几位理发师无一例外都是女性。其中有一位异常小巧而嘴甜的女理发师，居然是因为让丈夫纠集打手威胁房管处负责人而被开除。房子，在相当长的一段时间里，真倒是要命的资源，在计划经济时代，曾经有多少人为之歌哭，想尽各种办法，最终还折在里面。

王师傅是他在北京工作以后名副其实的“第一”理发师，延续时间长达10年以上。她在内蒙古五原县下过乡，是地地道道的北京人，中等身材，偏瘦，她是接替被开除的女理发员的，口音由京腔完全变为内蒙古“后套话”，又侉，鼻音又重，常用冷僻字汇，像是西部人学说普通话似的，从口音里谁也猜不出她从小在北京长大。在理发中聊天，她说小时候参加过天安门广场的联欢、纪念碑献花，与同学一起欢迎外宾，但一夜之间全部成为过去。王师傅理发极为细致认真、从不懈怠，有好多回头客，在一个只有两个人的理发室里，回头客总是找她，让小刘师傅闲待着。王师傅右手长期持握手动或电动推子，已经变形，手腕骨突出好多，但她爱这一行，与顾客相处融洽。她文了眉毛，头发在脑后扎个独辫，腰挺得很直，嘴唇经常紧咬着，显出她的坚毅从容。有时会聊聊她在内蒙古下乡的经历。她说同去的孩子都十几岁，走的时候大家挺高兴，多浪漫啊，最初也很高兴，但内蒙古真大、真冷、风真野啊，出门不结伴很容易走丢。有羊肉，有炒米，就是没有菜吃，更没有电，没有书看，想家啊，大家受够了罪。改革开放后，大家拼命找关系回北京。好不容易回来了，住的地方都没有，工作更难找，受的白眼很多。碰到内蒙古人，她很高兴，理发格外认真，每次都花比别的客人更多的时间。在工作调动的最初几个月里，他依然找她理发，直到不好意思为止。但他记得，她真诚地说，随时来，反正也就快要退休了，欢迎到她家理发。这很让他感动。

他总认为自己的头不够浑圆、不够对称，是被睡偏的，幼年没得到矫正。这种认识使他过分关注理发效果，说穿了，就是过分关注别人眼中的自己。其实你理发不理发，头发理得如何，别人可能根本不关心。至于头是如何偏的，党校一位理发师曾经给了一个解答。这个女店员个头很低，胳膊却不短，一双不大的手白白嫩嫩，没想到异常有力，洗发时抓挠得很到位。看出他是“偏头”，她便说，母亲喂奶是一件异常辛苦的事情，头偏是因为母亲喂奶时过于劳累，在寻找一个舒服姿势的过程中，习惯性地把孩子置于一边，长此以往，孩子头就偏了。在中国式的幽默里，有这样的诗句："未进门前三五步，额头已到大堂前。去年一滴相思泪，至今尚未到腮边。"前者说的情形大概包括偏头，当然后者说的是脸大。

我们主人公的发型经历了数度变化，早年留短发，上大学、读研究生的20世纪八九十年代改为长发，90年代之后再度回归短发。中小学时期留短发自然是父亲的意思，他本人就把这种特权延续到了自己的孩子身上，为省事，给他们一律剃秃瓢。美国作家亨利·米勒有篇名为《粘鸟儿的树枝与反叛精神》的散文，文中历数"大人们"所有对自己孩子颐指气使的限制与理所当然的塑造。米勒说，孩童的发型、衣着、语言、行事方式，无一例外地统统难以逃脱"大人们"的控制。其实，大人们"所知甚少、心胸偏狭、思想迟钝，缺乏想象力、耐心和宽容之心"，但他们握着所有的权利。我们主人公的发型在上大学前就按照父亲的规定，是未有任何移换的"平头"。上大学之后则随社会风潮而动，先是留分头、长发，二八开或三七开，完全随自己之便，因父亲早已无法掌控。90年代初期一段时间里，仍留了一段时间的长发，自有了孩子就没了潇洒，加之案牍劳形，生计奔波，终至选择了好打理的短发，这样，一下子与父亲中年之后的发型完全一致了。早先逆反，后来亦步亦趋，老年再回到长发。他发现，生命轮回的逻辑完全无法抗拒。

六

人的毛发有的是美学上的资质、道德上的申辩权与命名权——不管你愿意承认与否。中国人讲究点睛，其实眉毛才见精神，修眉就是修精神，女性最懂这个。眉毛虽不为脸面最核心的器官，却是很打眼的存在。在老祖宗留下的汉语遗产中，关于眉毛的美好说法向来不缺：眉如新月、青眉如黛、眉如卧蚕、眉如春山、眉同翠羽，这些类比寄寓了前人对眉毛多好的想象啊。对女性的眉毛，明代徐士俊曾著《十眉谣》，归纳出女子的10种眉：鸳鸯、小山、五岳、三峰、垂珠、月棱、分梢、烟涵、拂云、倒晕。未能向徐士俊请益的清代文人张潮撰《十眉谣小引》云，“大丈夫苟不能干云直上，吐气扬眉，便须坐绿窗前与诸美人共相眉语”，“唯日坐愁城中，双眉如结，颦蹙不解，亦何惫也”。遥想在那时光缓逝的农耕时代，这些文人吟风弄月，真是百无聊赖得可以。

人的喜悦、愤怒、失望、惆怅均可形之于眉。男性是不应修眉的，但现代的人们但凡给张飞、李逵、鲁智深、沙和尚、武松化妆造像，必拿眉毛做文章，眉毛比别的器官似乎更容易体现男子汉的勇气、威风与意志。周总理的眉毛是举国美谈，而日本有位勤勉的前首相，严重的八字眉，似也成了他平民姿态的标志。别以为眉毛与头发必有连带关系，共进退，眉毛黑，头发必黑，反之亦然。满头皆白而眉毛独黑者多见，满头乌发者，白眉毛的，极罕见。我们的主人公从早年的照片里看到，自己曾经是长长的弯眉，逐渐越来越稀，而现在，已经有一半不见了。

人类进化过程中褪掉毛发，亚洲人毛发普遍少，毛发多被国人视为异数。我们的主人公四肢有着极为浓密的体毛，尤其是前臂与小腿。这成了他受陌生人注意的一个因素。他小时候就发现，这是从父亲那里遗传的，毫无可抱怨之处，谁也奈何不了。手臂汗毛多，容易被表链夹，戴手表是头疼的事情，在冬季，受衣服重重包裹，手表更碍事，戴与摘都难受。

在腹部手术的前夜，有个必不可少的程序叫“备皮”，就是由护士为即将手术的病人剔除腹部体毛。他有过两次无力裸袒于女护士面前受“宰割”的时刻。13年前主刀的护士居然与中学时代一位漂亮女同学同名，口罩上面有双睫毛极长的美丽眼睛，口罩下面是不戴饰品的细白脖子。女性只要戴了口罩，眼睛一般都好看几倍，只要戴了眼镜，眼睛一般都要难看几分。正值春末，他求护士把屋里的温度调高一些，手术的时候别脱掉袜子。

毛发的力量有多大，如不是亲眼看见，无论如何都想象不出来。亚里士多德《动物志》有言：“毛发在被剪断后，不在断处生长，而由底部向上生长；羽翮倘被剪去，断处和底部均不生长，它便脱落而换羽。”人失去生命之后，毛发是不是依然不会放弃生长，不会停止挣扎，抓住最后机会展示自己的威力呢？这将由生活展示结论。他亲眼见过，父亲遗体置于冰箱的次日，亲人们前去看望的时候，发现下巴颏上花白的胡须顽强地冒出了密密的一层，依然如昔日般茂密、粗壮、威风。父亲的胡子其实前一天刚刚剃过，本来是被一丝不苟地消灭在皮肤之下，作为死者尊严的一部分绝不会让其露面的。但胡子根本不吃这一套，它们按照自己的本意挣扎成功了，向活着的人们示威、诉说、宣告。作家鲁敏写过一篇散文《器官：耳语与旁白》，文中说：“剪了、剃了、刮了、染了、烫了，过后，毛发们终究还会顽固地呈现出本来的色彩与形态。毛发在骨子里有些我行我素的气质，以柔克刚的作风，暗流涌动的激情。”信哉此言。

人在进化过程中脱掉了大部分毛发，鬼斧神工地在该保留的地方得到保留。而在他看来，女性之所以“文明”，在很大程度上讲，是毛发比男性进化得更适当、更优雅。虽然见过不少女性上唇有细微的一层汗毛，但在下巴上发现女性有“胡子”的却少到几乎为零。但这种例外还是与他撞了个满怀。2016年10月20日，一行人由阿尔及利亚回国，在阿尔及尔候机的时候，我们的主人公拐进机场一家杂货店，拿到一部装帧颇好的英阿对照版《古兰经》，付款后提出让女店主签名，并与她合影。那位颇为丰腴高大、白胖温和的女店主很高兴地答应了，她签下一行画符般的阿拉伯文，又在下面工工整整地签下F-E-L-L-A五个字母——看来她叫菲拉。然后是合影，当他靠近这位热情、一袭黑衣之外只有亲切的白白胖脸露在外面的菲拉时，他吃了一惊，因为他发现，这位美丽的菲拉下巴颏上有一条连在一起的密密的黑色毛发，很清晰、很惊心，况且也只能叫胡子，这是他在这个世界上见到的唯一异性胡须，忘刮了？自己没有注意到？别人也不必提醒吗？

一念三千里

毕淑敏

写下个“念”字，盯着细细看一会儿。

念，由“心”和“今”组成。顾名思义，是“心中当下的想法”。

我们常说“生出一个念头”，可见这个“念”是个活物，像个婴儿，有头有脑。既然有首，接下来就会有身子和腿。而且这一切既然能诞生，想来有个母体。有生便有死，念头可以发芽也可以灭失。

那么人的一天，会有多少个念头生出呢？要回答这个问题，先要搞清念头的周期。换句话说，就是大致算出一个念头能存活多长时间。

“念”，在佛教典籍中，可谓身世不凡大名鼎鼎。

“念”来自法显和尚从印度带回国的《摩诃僧律》。第十七卷中说：“一刹那者为一念，二十念为一瞬，二十瞬为一弹指，二十弹指为一罗预，二十罗预为一须臾，一日一夜有三十须臾。”

恕我把话头拉开，先说说《摩诃僧律》。

佛陀说了一辈子的法，到了入灭时分，众弟子推阿难向佛陀请教四个问题。其中之一是“佛灭度后，以何为师？”翻成大白话就是——“您死了以后，我们听谁的呢？”佛的弟子真够直言不讳的。

佛陀答：“以戒为师。”意思就是“那就按戒律说的办”。

这说明戒律非常重要。导师人不在了，戒律就成了师父。戒律是什么？是佛在世时，针对弟子所犯的过失，逐渐定出来的规矩。“随犯随制”，刚开始有点边设计边施工的意思，最后不断完善，终成包罗万象的庞大体系。

佛教戒律传入中国，始于三国时期。之前的汉僧，虽剃须除发，身着缦衣，但并不曾受大戒。到了东晋时期，戒本残缺不全，僧人们便无法度可依。法显老和尚看在眼里急在心里，拖着快60岁的身躯，跋山涉水前往印度求取梵本律典。

公元399年，老人家从长安出发，经河西走廊翻越葱岭，在印度参学了八年，记录下包括《摩诃僧律》的四部典籍。他再接再厉，又到斯里兰卡继续寻典。拢共历经15年，途经31国。回国后，与人合译出宝卷。

《摩诃僧律》中说一念等同于一刹那，但它究竟是多长时间？要倒着推算。一日一夜有30个须臾。一天24小时，合1440分钟，折算下来，1“须臾”为48分钟。

一直以为“须臾”非常短暂，但它比小学生一节课时还多3分钟，令人意外。

为谅解自己的孤陋寡闻，我问周围的人，烦请您说说，1“须臾”有多久？

人们看出我的不怀好意，拒不回答。再三恳求下，才说——1须臾，合1秒？10秒？眼睛眨一下，好多个须臾就过去了。

我说，再往长里猜猜。

他们敷衍道，最多也不过一两分钟吧。

佛会把这答案，判作不及格。

刚说的是舶来的“须臾”论，咱也有土产的解释。

成书于西汉的《礼记·中庸》中说：“道也者，不可须臾离也，可离非道也。”它的年代，肯定比法显和尚古老，不过似乎不甚严谨，没有精确明示“须臾”的长短。

每个须臾合20个罗预，48分钟除以20，1罗预就是2.4分钟。20个弹指为1罗预，1个弹指就是7.2秒。这7.2秒又可再细分为20个瞬间，1个瞬间就是0.36秒。这0.36秒又可再细分为20个刹那，每一个刹那就是0.018秒……

有点乱是不是？那直接记住结论吧——1个念头的具体时间长度为0.018秒。

念头比闪电还快！它起于精微，源自无明。产生之后见风就长，跨越天地时空，纵横驰骋风驰电掣。念头可分好坏。它一动，就有倾向发生。要么是善，要么是恶，要么善恶夹杂。你纵有亿万个念头，也逃不脱这窠臼。

既然念头一动，只用0.018秒。一天之内，除去睡觉的8小时（白领们看到这里估计要苦笑抗议，因为每日难以保证8小时睡眠。姑且按照好吃懒做的我来计算吧），还有16个小时，合960分钟，换算为57600秒。除以0.018，得出的念头数……吓死人！是3200000。也就是说，我的脑海中每天有300多万个念头闪过，泡沫般无常。

念头组成了命运。所有人的生活，无不源自这经纬复杂繁多变幻的念头。念头生生不息，我们奔波不已。念头衍生出五光十色的世界，一旦念头止息，生命也就终结。从这个意义上说，念头是组成我们生命质量的金色颗粒。

念头交织，故“一念三千”。

此典出于佛教的天台宗。隋朝智者大师号称“东土小释迦”，他认为人的当前一念心，就具有三千种法的内容，从而也就显现出宇宙的全体。苦乐升沉，光明黑暗，都从一念而起，故要从一念深处净化自心。

因喜欢这说法，有时会向友人结结巴巴学说一番。某朋友听后若有所思道，哦哦，一念三千里。

我说，没有“里”，一念三千。

他说，佛理深奥，我也不大搞得明白。加上一个“里”字，便成了俗语。念头和念头之间的差异，只怕是三千里之遥也打不住的。

他自攒出来的这个话，离开了庄严佛经，潜入了诡谲江湖。

念头如果有颜色，可不得了。有吉祥的红色，有土豪的金色。有杀戮的猩黑，有春意的绿蓝……每个人的内心如同最斑斓的调色盘。念头如果有重量，有重达千钧的，有轻如鸿毛的。有不轻不重但黏腻难缠的，有随生随灭云淡风轻的……每个人的内心，如同翻滚着一锅关东煮。

念头如果有年龄，有从一而终贯穿几十年甚至整整一生的，有速生速灭秋水无痕的，有历久弥坚的，有余音袅袅的，有稍纵即逝永无再现的，有忠贞不渝化成木乃伊也坚守初衷的。

念头如光。0.018秒之间，纵横3000里，这是什么速度？一秒钟跑165000里，合八万多公里，可绕地球两圈多。如果以北京为圆心，3000里到哪儿了？按照直线距离，以北京为中心，南可至广州，北可抵哈尔滨。西快抵乌鲁木齐，向东就出国游了太平洋。

心的容量如此之大，运转如此迅捷，名目如此繁多，善恶如此纷杂，到了令人惊悚的地步。

我热衷于看电视中的法制节目，尤其爱看抓住罪犯嫌疑人后的审讯过程，屏气凝神。先生纳闷，说：“你是在研究他们的长相吗？”

我说，虽说相由心生，但犯罪嫌疑人常常十分年轻，年轮之刀尚未完成对面貌的雕凿。有些颜面，未脱天真混沌之相。

先生说，那你看的是什么？

我答，我在听他们供述犯罪时的想法。

某些供述，难以置信的简单。“为什么要杀人？”回答：“并没有想把他打死，只想教训一下，谁知，人就死了。”

谈到投毒，会说：“只是开个玩笑。”

肇事逃逸，致使原本可以救助的伤者命丧黄泉，司机解释：“因为害怕。”

将相识多年的恋人杀死，凶手抽噎：“太爱了……”

凡此种种，我以前多半认为犯罪嫌疑人避重就轻，借故推脱，搪塞说谎……这情形当然是有的，不过，当我懂得些心理学知识并加以仔细观察之后，却发现很多竟是真话。更有当初穷凶极恶的魔鬼，会一脸错愕哆哆嗦嗦地说，脑海中一片空白，完全不知怎么想的。

一念三千里。

一个念头所导致的结果，或许并不是在那个念头萌生之初，就可以准确预判完整的。念头念头，只顾“头”，不顾尾，锋利无比。这世界上的事情，本不应太快。太快了，就有灾难尾随其后的可能。

念头是如何产生的，我们并不十分清楚，它具有我们所不知晓的某些黑暗性质。陌生的力量所产生的念头，可以指挥我们的行动，这的确是不可掉以轻心的危险问题。

也有很多念头充满善良和光亮。有人会说，善念涌起，我是不是应该马上按照好念头去行事呢？晚了会不会后悔？

这世界上有些好事情，或许需要0.018秒的时间去决定和完成。但绝大多数的好事情，不会毫无征兆。冷不防显身，之后泥牛入海永不复见，有点妖术的味道。尽管如此，也不能铁口断言好事就不会在0.018秒中埋藏。只是，这概率有多少呢？作为普通人，遇到这般机遇的可能性又有多少呢？我觉得是极小概率的事情，和普通人相距遥远。总爱极端化的人，骨子里多是高度自恋叠加目空一切。

一个念头和一个念头之间，可能一个在天堂一个在地狱，好骑手应能驾驭选择。让念头刹车转弯，让念头褪色重染，让念头从容消遁，让念头春风又生。好的念头，如一个浮力优等的筏，在脑海中辗转腾挪无惧风浪。它的生命力当千万亿倍于0.018秒，直到我们按照它的指引，做出后续美好的行动。把好念头变成好行动，让好念头层出不穷落地开花，乃是人生要务。

学车记

南帆

一

20多年前，我写过一篇谈论汽车的散文《安装了轮子的世界》，对发明轮子的人推崇备至。哪吒脚下的风火轮是谁首先想出来的？仿生学无法提供轮子的启示，没有哪一种动物的躯体底下安装了轮子。汽车比飞机伟大多了。飞机的发明依赖原型形象，例如飞鸟或者蜻蜓，而汽车来自纯粹的想象。我还表示这么一种观点：驾驶汽车的人不必规规矩矩地停留于祖父和父亲栖居的地方。世界很大，车轮重新诠释了空间的定义。崇拜汽车的人是无根的，汽车拥有的机械力量迅速挣断了血缘的联系。与其企求祖先的庇荫，不如考取一张证明独立成人的驾照。

我郑重其事地提到了驾驶的乐趣："驾驶即是让躯体陶醉于炫目的速

度之中。油门已经踩到底，车身的内部发出饱满的吼叫，车窗簌簌地震动着，撕裂的空气发出嘘嘘的尖啸，再也没有什么可能阻拦一往无前的飞驰。循环加快，心跳如鼓，目光灼灼，全身的肌肉绷得像一张弓——还有什么能够比速度更让人们的躯体彻底地亢奋呢？”时至如今，我得承认这几句话带有很大的虚构成分，那时开车离我非常遥远，我甚至不曾动过这个念头。这篇散文发表七八年之后，我才考取了驾照。

许多人引用过一句话：速度是人性中第二种古老的兽欲。驾驶的乐趣很大一部分来自速度。汽车发动机的强悍轰鸣，会迅速惊醒蛰伏于躯体内部的古老欲望。一个朋友为人懒散，处理任何事情都像电影里的慢动作，上班或者开会但凡不迟到就算一个奇迹。根据他太太描述，即使到楼下超市买一瓶酱油，他也必须这儿站一阵那儿坐一会儿，预热半个小时才动身。可是，一旦开始驾车，他的血液立即被莫名的激情点燃。十字路口的黄灯即将转为红灯，他的反应总是一踩油门冲过去。在他帝王般的视野里，限速路段几乎不存在。因此，每个月的一堆罚款单始终是家庭开支的重要组成部分。他太太气愤的同时又十分不解地向旁人发问：“为什么一个做任何事情都是慢吞吞的人，一开车就突然换了一个人呢？”她不知道，争分夺秒是速度的胜利。

可是，考取驾照之后，我在驾驶中从未真正体验速度的快乐。《速度与激情》仅仅是一部电影的名称。城市的交通体系几乎时刻要被压垮。路面拥堵，尾灯闪烁，多数时候，汽车只能如同一只有轮子的蜗牛缓缓移动身躯。驾车必须把性格磨出老茧。急有什么用呢？汽车又长不出翅膀。高速公路也不会好到哪里。互联网上流传一则逸闻：一个家伙利用假日驾车返回另一个城市探亲，可是，高速公路几乎成了停车场。他每隔几秒就得踩一次刹车，以至于到家的时候袜子都踩破了。

二

我学车的缘起有些偶然。那天和太太一起拜访朋友，他居住在城乡接合部的别墅区。站在楼上可以看到，别墅区围墙外的一块荒废的空地，被辟为简陋的驾校练车场。水泥铺设一些高低起伏的S形小路，两三辆小汽车正在小路上战战兢兢地缓缓行驶。空地角落插着几根竹竿充当标杆，一辆正在倒退的车子试图从标杆之间穿过，却一次又一次地失败。空地的边缘搭了一个棚子，大约那是教练和学员小憩的处所。

太太当时已经驾车两三年，她突然扭过头问我要不要学车，而且就在这儿学。这时我才意识到，并不是坐上驾驶座一踩油门就能把车子开走。开车必须有执照，考取执照之前必须如同一个听话的中学生进入驾校培训，而且，驾校如此寒碜。我犹豫了一下表示："算了吧，太忙了。"还有一句话我明智地忍住没有说出来：家里一个人开车不就够了吗？

太太反驳说："你什么时候能够不忙？要是推说忙，这辈子就别想开车了。一个现代人不能不会开车。"

我被"现代人"这个词吓了一跳。锃亮的汽车驮着现代社会飞速地从眼前掠过，我会不会如同一个未老先衰的老太爷，被抛在荒凉的路边？这种保守主义者的形象有点可笑，我连忙表态愿意试一试。我对于正在支配这个世界的机器并不存在抵触情绪。

那好吧，就这样说定了。

那天我们是从别墅区围墙的一个缺口爬出去，跳到练车场上询问具体事务。天气寒冷，阳光发白，空地上灰尘很大。在练车场S形小路旁边一阵友好地讨价还价，学费似乎敲定在3000元，练习的是手动挡小汽车驾驶。太太远比我积极，她次日立即去交钱，我再也没有理由推托。

日后再去拜访那个朋友时，我会指着那一块已经人去车空的荒芜之地说，那儿是我的母校。

三

考取驾照的第一个科目是考交规，即厘清公路上设置的各种符号表示哪些交通规定。教练给了一本教材，里头收集了1000道练习题。考试的时候电脑随机抽取100道题，每一个学员的考题各不相同。考题多半是选择题判断题，一题一分，90分及格。教练明确指示，涉及机械的练习题可以放弃不读，因为现今的汽车构造已经远为不同。“绿灯行、红灯停”之外居然还能设计出1000道考题，我深感意外。不能蔑视任何貌似简单的东西。

离开学校几十年，早已习惯给别人出题目考试，突如其来被重新押上考生的座位。读、理解、强记。大约半个月的时间，我上厕所时总是夹着这本教材坐到马桶上。

然而不及格，才86分！交规成绩让我半天回不过神来。兄弟我在中学的时候也算一个“学霸”——尽管当时还没有造出这个名词。20世纪70年代，中学学制仅有四年，其中一年左右是在山沟的分校见习农活。尽管如此，学校还是时常组织各种考试，检查学生功课。当时的功课简单，我基本不做家庭作业，每一次考试仍然名列前茅。如果我的名次跌到三名之外，老师就会觉得哪儿不正常。中学毕业之后下乡插队，然后“七七级”大学生、第一批研究生——我什么时候享受过不及格待遇？奇耻大辱！那一天领了不及格的成绩单出来，旁边立即有人凑上来询问要不要找人替考，3000元解决一切。我从鼻孔里重重喷出一口气，扭头而去。

问题出在机械部分。电脑分配给我的考题之中居然有十五六道题涉及机械方面。例如油路故障如何排除，刹车松了如何调整，更换电瓶的操作程序，如此等等。我质问教练：“不是说机械部分的练习题可以不读吗？”教练也一脸茫然，他说：“别人从未遇到这种状况。”我的运气不好，估计那一部电脑想刁难我。

两个星期之后可以考第二次。这两个星期我发愤苦读，无论什么题目一律背下，用功的场所远远超出了厕所。这一次考了98分，终于出一口恶气。一次饭局上说起这件事，坐在身边的一个历史学女教授轻声说，她的交规成绩是100分。山外有山啊，我倒吸一口气，再也不敢嚣张。

停了一会儿，女教授又轻声细语地补充说，白考了，她反正不想驾车了。路面上如此拥堵，开车的时候，她的内心常常涌出撞上去的冲动。她觉得还是撤退为妙，交规成绩再优秀也没有意义。历史学女教授外表柔弱，可是，桀骜不驯的内心拒绝交通规则的限制。

四

我当然记得那个教练。

教练是一个小个子的中年瘦男人，脸膛黝黑，脾气火暴，如果不是在抽烟，他的神情永远处于想和谁打上一架的状态。似乎所有的汽车教练都认为自己有骂人的权利，来学车的都是自己的孙子，张嘴就骂天经地义。一个年龄相仿的同事去年刚刚到驾校学车，有天我在走廊上与他相遇。他面色潮红、情绪激昂地控诉驾校的教练，恨恨地发誓要投诉这个家伙。他在一个星期内接收到的咒骂远远超过了上半辈子的总和。“笨”是咒骂之中最轻量级的，一般总是和“猪”这种动物联系在一起。得知我当年学车的时候也不断挨骂，他满脸惊愕，心情显然缓和了许多。

根据当时的行规，我不时会送两包烟给教练。他收下的时候不是“笑纳”，脸上仍然一副谁欠了他八百吊子钱的凶相。后来出现了一个微妙的转折。那天来了一个趾高气扬的学员，教练突然换了一副陌生的神情，亲自毕恭毕敬地开车接送。两个小时的时间里，那个学员却独自霸占了一辆好车练习。我从未见到教练的黝黑脸庞上还能展示如此亲切的笑容。空闲的时候，我询问这是何方神圣。教练说：“那是交通厅的一个副处长，分管驾校。”我一脸不屑地咕哝说：“副处长算什么，我的官比他大多了。”教练迅速扭头看我一眼，脸上没有什么特别的表情，但是，从此他不再骂我。

脾气火暴没有太大关系，这个教练的真正问题是没有教学经验。他从来没有以上课的方式系统地讲述一下汽车的概况和驾驶的若干要领，而是始终重复一个观点：多练习练习就会了。第一堂课的时候，他交给我一辆快要散架的桑塔纳轿车，告诉我如何点火、前进、后退，然后消失得无影无踪。尽管不到20分钟我已经全部掌握，可是不得不耗费整整一个下午在20米长的路段前进、后退。那一辆桑塔纳浑身抖动，四处乱响，我觉得那个下午是带领一堆企图散伙的零件，做一个无聊而漫长的游戏。

现在回想起来，某些必要的课程肯定被教练遗忘了。例如，他从未说过汽车旁边两个如同小耳朵的后视镜有什么作用。考驾照的时候，我发现一个女孩居然是看着后视镜将车子倒入车库，心中无限佩服。我练习这个项目的时候，总是把头伸出车窗，向后张望那几根神圣不可侵犯的竹竿，教练从未表示异议。据说美国驾校推荐这种做法，可是，我的教练肯定不是美国驾校毕业的。

当年考取驾照必须通过一个著名的项目“单边桥”——现在似乎已经取消。这个项目的设计是，两根一寸宽、一寸高的轨道先后安放在路面中央；汽车必须左轮在轨道上、右轮在路面行驶十来米，然后迅速让右轮跨上第二根轨道，左轮行驶在路面上。这个项目构思的初衷是，某一天我们正在山区驱车行驶，帝国主义飞机悍然侵犯我国领空，并且炸垮了公路。这时，一队英勇的工兵战士肩扛一根铁轨矗立于垮塌的公路缺口，行驶的汽车必须一个轮子着地、一个轮子碾在铁轨上像表演杂耍似的通过。所有的人都觉得这种情节设想过于离奇，但铁打的考题不可动摇。对于刚刚驾驶的新手来说，汽车的平衡木“体操”太难了。要么轮子从轨道上掉下来，要么左轮与右轮的切换来不及，练车场上这个项目的成功率不会超过50%。考驾照的前一天，我偶尔从一个学员那儿听说居然有一个秘诀：当轿车引擎盖上一个凸起的喷水孔与轨道持平时，一打方向盘就能准确地驶上轨道。我连忙试了试，成功率至少提高至80%。

我愤然质问教练：“为什么对我进行技术保密？”他想了半天说，忘了告诉我。

五

考试来临，据说大约将有一半学员被淘汰，无限期盼又万分不安。考题和考场构成了一扇狭窄的栅栏门。辽阔大地在栅栏门的另一边。

按照抽签的名次，轮到我的时候考场上已经没有多少学员。考试的车里安放了一台小仪器，仪器会忠实地记录车子的每一次熄火——考场上的车子特别容易熄火；副驾驶的位置坐了一个监考的警察，他的眼睛盯着手里的报纸，头也不抬地说：“开始吧。”五个项目之中，“单边桥”“定点停车”和“半坡起步”都是令人生畏的魔鬼项目。“定点停车”常常压线，“半坡起步”可能溜车或者熄火。每个项目20分，80分及格。换一句话说，失手两个项目就要铩羽而归了。

许多学员考试的前一天会开车进入考场转一圈，熟悉地形。我认为没有必要，事实证明这是一个严重的疏忽。考试的前一天晚上下了一场大雨，路面四处积水。车轮沙沙响地碾过，水花飞溅起来。第一个项目是最为简单的“直角转弯”。由于一洼积水的反光，我竟然没有看清路边的白线，前轮稍稍剐到，这个项目立即报废。监考的警察仍然低头看报，他嘴里嘀咕了一声：“这个项目也会丢，现在看你怎么办。”

接下来的考试我高度紧张。“S形弯道”“停车入库”“单边桥”“定点停车”和“半坡起步”，谢天谢地，这些项目竟然逐一通过，如有神助。“定点停车”的时候，我隐约地觉得副驾驶位置上的监考警察似乎轻踩了下刹车。或许他觉得我的车速略为快了一些？

我无法证明这个警察是否好心帮了我一下。是不是他认为我第一个项目的失分有些冤枉？考试结束之后，他抓起报纸摇摇晃晃地走了，没有多看我一眼。我也没有道谢，担心道谢反而像是作弊。如今已经想不起他的模样了。

定了定神走出考场，额手称庆，忽然觉得人生不一样了——现在，那些纵横交错的柏油马路属于我和我的汽车了。

六

我不必自己驾车上班。考取驾照之后，开车机会其实并不多，两三个月开上一两趟，往往是休息日去哪儿打一场乒乓球。我驾车的时候基本没有乘客。有一回与几个学生相聚之后驾车离开，他们都不想搭车。分手的时候一个个微笑着往后缩，大约是珍惜生命的意思。

经常坐车的乘客只能是太太。一起出门的时候，偶尔我会申请担任驾驶员，太太略为沉吟，就把驾驶座让了出来。

我认识一对教授，夫妻相互动员对方学车。两个人的共同理想是当一个眼神涣散的乘客，而不是精神抖擞的驾驶员——他们迄今仍然处于协商阶段。另一位教授的太太英勇承担了开车的重任。她进入驾校的时间比我早，毕业的时间比我晚。教授经常深沉地叹一口气，说："还没有考过啊？"下午又带了一条烟去巴结教练。他太太出师之后，他们二位形成了一种奇异的合作方式：女方负责开车，男方负责指路。临近十字路口，他太太总是一迭声焦急地催问："要不要转弯？左转还是右转？快点说！"教授不明白十字路口有左转道、右转道之分，行驶错误会罚款扣分。他刚刚从迷糊状态惊醒："这是哪儿？慢点，让我想一想。"于是汽车只好笔直地穿过十字路口向前开去。有一回几个朋友相约聚餐，他们的车子错过了一个又一个十字路口，到了10多公里之外的山脚下才转了回来，全桌的人只能为此长时间饥肠辘辘地等待。

我与太太的合作模式与此完全不同，我们总是不由分说地进入师生模式。太太早开几年车，理所当然地以导师自居，不断用庄严的口吻发出指令："眼睛要观察前方两百米的路况！变道不要焦急，打转向灯，缓缓地转过来！不管什么情况，有异常首先是刹车！"有些时候，太太愿意传授一些独到的心得，例如打喷嚏的时候要把脚板下意识地搁在刹车板上，踩在油门上容易酿成事故，如此等等。太太的观点无比正确，可是，那天走出考场直至现今，我也是一个有驾照10多年的人了，难道还需要这些粗浅的启蒙知识吗？路况较好的时候，太太就会挑剔我的开车姿态，方向盘抓得太紧，眼睛瞪得太圆。鼻子痒了揉一揉也会遭受嘲笑：“有必要这么紧张吗？”随后她拿出手机为我拍照，上传微信朋友圈。微信朋友圈的照片之中，我的神情似乎比第一次约会还要庄重。

我真正愿意谦恭地向太太讨教的是倒车入库。太太夸口说，只要抢得上一个车位，她都能把车子倒进去。当年居住的社区车位供不应求，为能租到一个车位伤透了脑筋。有天太太得意地说，她居然抢到了一个，而且每个月的租金比别人便宜两百元。我到地下车库看了看，车位夹在两根大水泥柱之间，入库的路径狭窄而曲折，停车的空间逼仄得像个过道，别人根本没有兴趣。我来回尝试了好几趟才胆战心惊地把车子塞进去。我满脸愠色地说：“这种车位怎么能要？难道我们每个月缺两百元钱吗？”太太一脸无辜：“倒车进去难道是问题？”她坐进驾驶室当场演练几个回合，总是一把就将车子迅速倒进去，甚至可以单手操作。我猜测她的独门秘技与购物存在某种神秘关系。大百货商场处于闹市，车位紧张，发现一个空缺就要千方百计地把车子挤进去。钢铁是这么炼成的吧？

那天与居住在别墅区的朋友通电话，听见那边震耳的打桩机声音。驾校早已搬走。朋友说：“一墙之隔的那块空地目前正在盖房子，也许还是盖别墅吧。你的母校没有了，将来会变成每平方米要卖好几万元的高档社区。”放下电话突然有点恍惚。十几年的许多时光坐在轮子上度过，世界也像轮子一般越转越快。这个世界要去哪儿？谁也不知道生活的下一个路口遇到的是红灯还是绿灯。

图书在版编目（CIP）数据

所见微尘，皆因有光 / 梁衡等著；杨晓升主编 . --
北京：北京联合出版公司，2020.6（2020.12 重印）
ISBN 978-7-5596-4193-9

Ⅰ . ①所… Ⅱ . ①梁… ②杨… Ⅲ . ①散文集—中国—当代 Ⅳ . ① I267

中国版本图书馆 CIP 数据核字（2020）第 064212 号

所见微尘，皆因有光
作　　者：梁　衡　毕淑敏　刘醒龙　等
主　　编：杨晓升
出 品 人：赵红仕
产品经理：华楠楠
责任编辑：孙志文
封面设计：尛　玖

北京联合出版公司出版
（北京市西城区德外大街 83 号楼 9 层　100088）
北京华景时代文化传媒有限公司发行
三河市嘉科万达彩色印刷有限公司　　新华书店经销
字数 141 千字　　690 毫米 ×980 毫米　　1/16　　13.5 印张
2020 年 6 月第 1 版　　2020 年 12 月第 2 次印刷
ISBN：978-7-5596-4193-9
定价：42.00 元